爱的暖阳
——《论语》散文随笔四十八篇

杨俊才 著

远方出版社
·呼和浩特·

图书在版编目（CIP）数据

爱的暖阳：《论语》散文随笔四十八篇 / 杨俊才著. -- 呼和浩特：远方出版社, 2024.11
 ISBN 978-7-5555-1765-8

Ⅰ.①爱… Ⅱ.①杨… Ⅲ.①散文集－中国－当代 Ⅳ.① I267

中国国家版本馆 CIP 数据核字 (2024) 第 032262 号

爱的暖阳
AI DE NUANYANG
——《论语》散文随笔四十八篇
LUNYU SANWEN SUIBI SISHIBAPIAN

著　　者	杨俊才	
责任编辑	奥丽雅	
封面设计	段建珺　包志明	
版式设计	王改英	
出版发行	远方出版社	
社　　址	呼和浩特市乌兰察布东路 666 号邮编 010010	
电　　话	（0471）2236473　总编室　2236460　发行部	
经　　销	新华书店	
印　　刷	内蒙古爱信达教育印务有限责任公司	
开　　本	880 毫米 ×1230 毫米　1/32	
字　　数	180 千	
印　　张	8.25	
版　　次	2024 年 11 月第 1 版	
印　　次	2024 年 12 月第 1 次印刷	
印　　数	1—1800 册	
标准书号	ISBN 978-7-5555-1765-8	
定　　价	45.00 元	

如发现印装质量问题，请与出版社联系调换

慢走，快走，快走，慢走，有时还得跑两步……

真是年少不懂白头翁，回头相望知天命；亦暖亦冷是初春，日月星辰皆人心。

《论语》还能这样解释（代序）

李淑章

初读俊才大作，着实把我吓了一跳。我在想：《论语》还能这样解释？等我硬着头皮看下去之后，便有了与俊才同样的感觉："没有人不希望自己完美，每个人都有追求完美的权利，但没有人能够达到完美。"

诚然，儒家具有完美人格的人就是君子，但回顾历史、环顾周围，哪一位是完美的君子？

虽然君子是永远的理想，但这并不妨碍人们追求君子的美好。正如俊才所说："我们一定要走在成为君子的路上。"

作者俊才是一位农民，靠榨油维持生计。劳动之余，学习不倦，对古籍《论语》产生了浓厚的兴趣。在劳动中学习，在学习中劳动，于是，渐渐有了自己独特的体会。

他说：古今中外，研究《论语》的著作浩如烟海，但是绝大部分都是学术和学院派的解释，虽然鸿篇大论，但也是帝王将相的佐餐，文人雅士之高歌慢曲。纵然从民间到天子明堂，《论语》的印记随处可见，然而尚未看到一部从社会底层劳动者的角度去解读《论语》的著作。

作者是一位榨油卖油的山野村人，但他认为应该把自己对《论语》的一些体会写出来，告诉人们，不仅是农民，还包括手工业者等，都可以学习《论语》，体味《论语》，让《论语》的思想像春风一样温暖我们的生活。

于是，就有了读者眼前的这本再释《论语》的著作。后来得知，该书大部分文章都在中国作家网发表过，后又在作者主笔的"卖油翁论语"公众号上发布，也有部分文章在《呼和浩特文艺》上发表。

《论语》千年，岁月荏苒。孔子曰："逝者如斯夫，不舍昼夜。"但它的光辉没有随着时间的流逝而减弱，相反，绽放得更加璀璨。

使我感到欣慰的是，作者在榨油之余，日以成篇，月以成章，不辞辛苦，累积成书。这或许正说明了《论语》这部书对中华儿女与中国文化影响之深。它不仅抚摸过去的日月华章，更翘首未来的春风秋雨。可以断言：它将在历史的洪流中，成为波澜壮阔的大海。

当然，老朽并非完全赞同俊才的观点，但欣赏他的智慧与胆量，也欣赏他不落窠臼的文笔。

最后，截取书中的一段话（有所改动）作为结尾：

生命在不断地成长，同时也在不断地萎缩；得到的同时，往往也失去。但智者从不因畏惧时光的流逝而不去撷取生命成长过程中的绚烂之花。过去的幼稚也许正是未来成长的营养。如果方向明确，矢志不移，不断学习，踏实工作，言行一致，而且能够从有意识的言行转变成自觉遵守，那么，我们就不难获得生活的礼赞，领悟生命的精华。

李淑章：内蒙古师范大学语言文学教授。内蒙古汉语言文学研究会名誉主席。内蒙古国学研究会专家委员会主任委员。全国教育系统劳动模范。人民教师奖章获得者。

目 录

寂寞君子 / 1

《学而篇第一》杂谈(一)

曾经是小人 /4

《学而篇第一》杂谈(二)

爱的暖阳 / 9

《学而篇第一》杂谈(三)

巧言令色,鲜矣仁 / 17

《学而篇第一》杂谈(四)

一道美丽的彩虹 / 21

《学而篇第一》杂谈(五)

让鸟儿在蓝天里高飞 / 27

《学而篇第一》杂谈(六)

春风细雨 / 32

《学而篇第一》杂谈(七)

阳光美好的情怀 / 37

《学而篇第一》杂谈（八）

欣赏风雨彩虹 / 42

《学而篇第一》杂谈（九）

那祥云里的爱 / 47

《学而篇第一》杂谈（十）

千古风采 / 51

《学而篇第一》杂谈（十一）

拥抱阳光 / 58

《学而篇第一》杂谈（十二）

鹦鹉能言不知羞 / 65

《学而篇第一》杂谈（十三）

一只小猪 / 69

《学而篇第一》杂谈（十四）

落花纷纷 / 73

《学而篇第一》杂谈（十五）

阳光下的宁静 / 77

《学而篇第一》杂谈（十六）

风中小花 / 82

《学而篇第一》杂谈（十七）

泉水清清 / 88

《为政篇第二》杂谈（一）
窈窕淑女 / 92

《为政篇第二》杂谈（二）
让美好腾飞 / 96

《为政篇第二》杂谈（三）
品味蓝色的美丽 / 100

《为政篇第二》杂谈（四）
常回家看看 / 105

《为政篇第二》杂谈（五）
陋巷箪瓢亦乐哉 / 111

《为政篇第二》杂谈（六）
百花秋月 / 118

《为政篇第二》杂谈（七）
七彩阳光 / 122

《为政篇第二》杂谈（八）
成器不成器 / 126

《为政篇第二》杂谈（九）
木匠土郎中 / 135

《为政篇第二》杂谈（十）

讲台上的落榜生 / 139

《为政篇第二》杂谈（十一）
可爱的子张 / 144

《为政篇第二》杂谈（十二）
春风送暖 / 148

《为政篇第二》杂谈（十三）
火树银花 / 153

《为政篇第二》杂谈（十四）
故乡的云 / 158

《为政篇第二》杂谈（十五）
鼓乐声声 / 164

《八佾篇第三》杂谈（一）
林放问礼 / 169

《八佾篇第三》杂谈（二）
其争也君子 / 174

《八佾篇第三》杂谈（三）
尔爱其羊，我爱其礼 / 178

《八佾篇第三》杂谈（四）
旺气冲天 / 185

《八佾篇第三》杂谈（五）

心中的那抹光亮 / 189

《八佾篇第三》杂谈(六)

怨气小伙 / 193

《八佾篇第三》杂谈(七)

成事不说,遂事不谏,既往不咎 / 197

《八佾篇第三》杂谈(八)

体味滋润生命的春风 / 201

《八佾篇第三》杂谈(九)

仁者之花 / 206

《里仁篇第四》杂谈

理想之花 / 210

《公冶长篇第五》杂谈

一片云天 / 214

《述而篇第七》杂谈

心心相印 / 219

《先进篇第十一》杂谈

春日的温馨 / 225

《颜渊篇第十二》杂谈

多嘴的乌龟 / 233

《宪问篇第十四》杂谈(一)

让生命的馨香化为和煦的春风 / 237
《宪问篇第十四》杂谈（二）

后记 / 243

寂寞君子

《学而篇第一》杂谈（一）

◎卖油翁

子曰："学而时习之，不亦说乎？有朋自远方来，不亦乐乎？人不知而不愠，不亦君子乎？"

通常的理解是这样的：学习时经常复习，不是很快乐吗？有朋友从远方来，不是很高兴吗？即使人们不了解我，我也不怨恨，不也是君子吗？

这是一般的理解，但我们用自己的经历和切身体会感悟一下，就会有一丝生硬的感觉。在旧时的私塾，小孩子背不会书是要挨板子的，他能觉得学习快乐吗？不会背，挨了板子，再背，在板子的威力下，在老师的怒目注视下温习、背诵直到背会，能感到快乐吗？即使是现在的学生，又有几个能感受到学习的快乐？不管小学生、中学生还是大学生，温习复习愁更愁的大有人在。孔子学富五车，智慧之树常青，可在当时却无用武之地。他带着弟子们颠沛流离，有时甚至饥饿劳累，但是弟子们还要学习周礼，学习六艺。他多么希望自己的学说能施行于天下呀！可现实是无情的，在这种情况下，孔子说了这样的话，有了这样的感慨。这个"学"不仅指学习，更多的是学问、学说。"学而时习之，不亦说乎？"我的理解是：自己的学说和主张如果能在各个诸侯国践行，或者在某个地方试行，就是很高兴、幸福的事了。学以致用，用才是最终追求。

  满身的理想、不能施展的学问、浩然于天的人格不仅不被人理解，有时还被人曲解，这是孔子的悲哀。许多人知道孔子是正确的，但因时或因势而礼节性地敷衍他、忽视他，这使他充满寂寥和无奈的感觉。空悲切，鬓已白，世事多无奈。有知心朋友叙说，有知心人倾听，是多么快乐的事呀！在这里，孔子表达了希望能听到理解的声音。这个"远方"可以是时间，也可以是空间，孔子把"被理解"寄托于远方的朋友，寄希望于未来的人间。对着长空，孔子喊出穿越千年的隆隆巨声："远方的朋友，和我一起共叙沧海桑田吧！未来的朋友，我会和你们一起，畅谈更遥远的未来。我有跨越时空的朋友，怎么能不快乐呢？"这不就是"有朋自远方来，不亦乐乎"吗？

  "人不知而不愠，不亦君子乎？"许多人不理解我，但我泰然自若，坚持自己的理想，坚持自己的学说和主张，保持内心的平和与快乐，不正是君子的态度吗？有时候，打败自己的最大敌人就是自己，内因是外因的基础，能够在纷乱的世事中保持平淡的心态是非常重要的。

2020年5月5日　庚子年四月十三

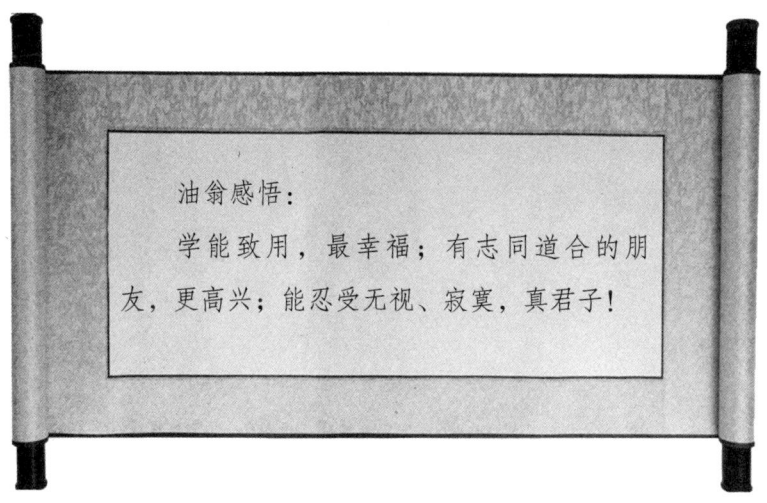

油翁感悟：

学能致用，最幸福；有志同道合的朋友，更高兴；能忍受无视、寂寞，真君子！

曾经是小人

◎《学而篇第一》杂谈（二）卖油翁

　　《论语·学而篇第一》的第一部分最后一句是这样写的："人不知而不愠，不亦君子乎？"这里提出一个概念：君子，这是儒家完美人格的理想形象。那么，什么是君子？说起君子，自然就想到小人，那么，什么样的人是小人呢？"君子"和"小人"是《论语》里出现频率非常高的两个词，一定要搞清楚，否则再怎么读也是一笔糊涂账。

　　按照传统文化的描述，一个人的成长分为六个阶段，这也是《易经》的思想，即任何事情最多只有六个阶段。八卦由六爻组成，没有第七，第七就返回去了，复归原位。这六个阶段分别为小人、大人、丈人、君子、王、帝。没有人能超过这六个阶段。

　　试想一下，当一个婴儿呱呱坠地时，首先是哭着要奶吃。

曾经是小人

不管是有意识还是无意识，都是自私的。他只想做一件事，就是赶紧吃一口奶，其他跟自己无关。母亲的分娩之痛和他隔着十万八千里，这就是幼儿的小人思维。也就是说，大人物也好，普通人也好，出生的时候，幼小的时候，都是以小人思维来思考问题的。小人是一种思考方式，用这种方式考虑问题、解决问题就是相对利己的做法，也就是人们通常所说的"小人"。可以这样说，我们曾经都是小人。

随着年龄的增长，我们开始模仿和学习，也有了与年龄、教育相适应的思考方式。这时候，我们就抛弃了完全自私自利的想法，会考虑父母、家人、同学、朋友以及周围的环境。成长的程度由个人素质、后天教育及客观环境等因素决定。随着年龄的进一步增长，人与人之间出现了差别，而且差别会越来越大。这样就会出现两种思维并存的思维模式，导致不同的人格、思想及行为。

这两种思维模式即直线的唯我的思维模式和二元的思维模式。

在成长过程中，只修身而很少修心的人的主要思维模式是直线的唯我的，并且会不自觉地把这种思维模式体现在工作和生活中。身体成长了，但思维还停留在片面的自私的层面，那么在做人方面，就是小人思维占主导地位。但人是矛盾的动物，这些人有时也会用二元思维考虑问题。

另一部分人既修身又修心，学会了用二元思维分析问题、解决问题，于是就成长为大人。

在"大人"这个群体里,许多人会继续学习,加强修为,并取得一定的成就,就成为丈人。中国人称岳父为"老丈人"就来自这里。岳父把千辛万苦抚养大的姑娘许你为妻,成就你的家庭和你的后半生,那是多大的成就呀!称呼岳父为"丈人",一点儿都不为过。戏曲里,小生向老翁问路,客气地说:"这位老丈……"也是这个意思,表达礼貌和尊敬之意。

那么,什么是君子呢?

君子最早是君王之子的意思,后来指人格高尚的人。这里,我们只谈论《论语》里的君子,限定在德和仁的方面。否则,即使一部鸿篇大论也谈不完。

看一下《论语》里关于君子的语句。

> 人不知而不愠,不亦君子乎?
> 君子喻于义,小人于于利。
> 君子坦荡荡,小人长戚戚。
> 君子泰而不骄,小人骄而不泰。
> 君子和而不同,小人同而不和。
> 文质彬彬,然后君子。
> 君子周而不比,小人比而不周。
> 君子怀德,小人怀土。
> ……………

《论语》里关于君子的句子数不胜数,这里不一一列举。

这些千古名句闪耀着君子的品质。

君子要耐得住寂寞和无视，要有平和、包容的心态，强大的内心；做合适的事，知道该做的和不该做的，不能逾越作乱；要胸怀坦荡，光明磊落，保持独立人格，不人云亦云，趋炎附势；要不骄不躁，临危不乱，修身养性，提高自己，充实自己；不拉帮结派，搞小圈子；要热爱自己的家乡，热爱自己的祖国，有家国情怀……

君子以二元思维模式为主导考虑问题，淡泊名利，心中充满善和爱，积极向上，以忠信为行为宗旨，修身养性，是追求完美人格的儒家的理想人物，是儒家人格的最高理想境界。君子可以是普通人，也可以是达官权贵，与有无成就、有无权势无关。君子可以是大人，也可以是丈人，也许是"王"，也许是"帝"。

"王"是做了大事业，有了大成就的人，是一个人成长的高峰。他能够整合资源，能够带领队伍，当领导人。

"帝"是人生的最高级别，是一个人发展的最高阶段，既能全面考虑问题，又能在复杂的情况下正确地解决问题。

2020年5月7日　庚子年四月十五

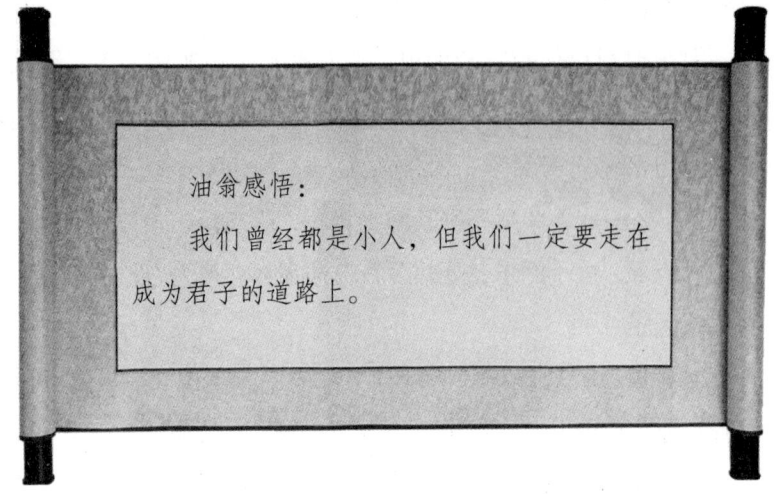

油翁感悟：

我们曾经都是小人，但我们一定要走在成为君子的道路上。

爱的暖阳
《学而篇第一》杂谈（三）

◎卖油翁

孝、悌、仁这三种优秀的品质，是人间美好的追求。百善孝为先，很难想象一个不孝的人能做出多少善良的事，很难想象一个不孝的人能够与兄弟和睦相处，很难想象一个不孝的人能够包容、博爱、感恩。孝是善和爱的基础，有了孝，悌自然就产生了。这种我心中有你、你心中有我的血脉亲情，贯穿于家庭生活中。

有子曰："其为人也孝弟，而好犯上者，鲜矣；不好犯上，而好作乱者，未之有也。君子务本，本立而道生。孝弟也者，其为仁之本与！"

这段话的意思是：一个既孝顺父母又尊重兄长，却喜欢犯上的人是很少见的；不喜欢犯上却喜欢造反的人是没有的。君子要专注于这个根本的事务，根本建立了，治国做人的原则也就有了。"孝弟"的言行，不就是仁的根本吗？

"弟"应该写作"悌"，是通假字。

这里提出了儒家几个重要的概念：孝、悌、仁。

"孝"指不同辈分之间，晚辈对长辈表示尊重和爱戴，包括精神和物质两个层面。传统文化里比较简洁和清楚的表达就是父父、子子，父是长辈，子是晚辈，但不局限于父子，也许是爷孙。这里的关键词是"辈分"，这是"孝"的核心内容，也是孝文化的基础。

人类自从建立了辈分秩序以后，就逐步产生了父父、子子、兄兄、弟弟等观念。这里就有了"孝"的思想，但没有"孝"的具体概念。这种思想引导人们不断进步，在进步的过程中，秩序出现了。秩序是基础，没有秩序的生活是不可想象的。

家庭、单位、社会都是如此，概莫能外。没有超越秩序的存在，动物和植物也有秩序，不管是有意还是无意，都按照自己的秩序生活、繁衍，尽可能地延续并壮大自己的种群。宇宙天体也有其运行规则，否则宇宙就会脱离运行轨道。《易经》中就已有对"孝"的具体内容的概括。这是儒家思想的起源，也是理论来源。从这里开始，"孝"的理念逐渐发展，到孔子，提出儒学中比较重要、基础的思想和行为准则——"孝"。

"孝"是美好的，是善良、尊重和感恩的表现，是一个人内心对父母长辈的爱和感恩在思想和行为上的体现。在当今社会，老人们在物质生活上的需求基本能够得到满足，追求自我喜好或更高一点的消费也不是难事，但最难做到的是什么呢？

《论语·为政篇第二》里给出了语重心长的答案：

孟懿子问孝，子曰："无违。"樊迟御，子告之曰："孟孙问孝于我，我对曰无违。"樊迟曰："何谓也？"子曰："生，事之以礼；死，葬之以礼，祭之以礼。"

孟武伯问孝，子曰："父母唯其疾之忧。"

子游问孝，子曰："今之孝者，是谓能养，至于犬马，皆能有养，不敬，何以别乎？"

子夏问孝，子曰："色难。有事，弟子服其劳；有酒食，先生馔，曾是以为孝乎？"

有一天，孟懿子向孔子请教有关孝的知识，孔子告诉他，要做到不违背礼。但怎么做才是不违背礼呢？樊迟赶着车，孔子坐在车上，向樊迟解释了不违背礼的内容，即父母健在的时候，要以礼侍奉，去世以后要以礼相葬，以礼相祭。难道必须顺从父母的意愿吗？一点儿也不能提出异议吗？不是这样的，并没有这么刻板。孔子曾经表达过，当父母生气，要杖责你时，你就要在适度的范围内承受，不能让父母在怒气冲冲中一棍子打坏你，陷父母于不义之地。适度承受不是让你反抗回击，而是让你以其他方式化解，等父母消气后再去解释。子夏曾说："事父母，能竭其力。"即尽自己的能力，而不是超过本身的实际情况。论心不论迹，论迹家贫无孝子；论迹不论心，论心世上无完人。可见，"无违"是在礼制的范围内满足父母的意愿，让父母快乐，自己也快乐，全家都快乐。同时，在葬和祭的过程中，寄托哀思，传递孝道。

在父母生病的时候，我们该怎么办呢？有人会说，看病就可以啊！进医院，该干啥就干啥。但孔子指出，不是这样的，除了必要的费用开支外，还有一个态度问题。在孩子生病时，做过父母的都知道那种担忧的心情。反过来，如果子女能以父母对待孩子生病时的心情对待父母，那才是真正的孝。

许多人认为孝顺就是让父母衣食无忧，但这只是满足了基本需求，敬重才是孝的根基。孝不是简单的生活资料的满足，而是要让父母高兴，让他们得到应有的尊重。这是非常重要的。年龄越大，心里越寂寞，更需要精神关怀，需要亲人的关爱和理解。然而，不管是古代还是现代，忙碌的生活，芸芸众生熙熙攘攘，抑或高兴，抑或悲伤，谁能一直保持美好的心情？况且时代不同，知识结构不同，每个人的认识又怎能相同？有代沟和误解是必然的。

微笑和苦恼是由内心的悲喜、生活的沧桑铸就的。"喜怒哀乐忧恐思"本就是人的正常感情，"圣人"还不重不威呢，所以子曰："色难。"这是很难保持的。和颜悦色，一时一天易，长久坚持难。对此，做儿女的都深有体会，有谁能一直怀着温和的态度对待自己的亲人呢？"色难"，太难了！正因为难，孔子才特别指出来，让大家朝这个标准靠近，善待自己的父母，善待自己的家人。坚持孝的礼制，坚持孝的精神，发扬于当代，传承于后世。

悌，从字面看，是心里有弟弟。按照一般的解释，悌是尊重兄长。因为在长期的奴隶和封建社会里，长兄继承制是基础，无论是政治上的爵位，还是家族的财富，都遵循这一传统。在漫长的历史长河中，它起到了稳定和进步的作用。

但任何事物都是两面的，用现代观念来评析就可能会产生歧义。每种观念的形成都经过岁月的磨砺，既然能在那样长的历史时期内存在，一定是有存在的必要，有存在的基础和合理性。弟弟尊重兄长，强调的是忠和稳定。

人们从小接受这种教育，就会形成固有的观念，认为这是合理的，天经地义的。至于什么原因，很少有人去考虑。当有人想反抗这种既定的形式时，就可能会带来斗争，甚至是流血的斗争。这种刀光剑影在历史上比比皆是。有名的秦二世和赵高密谋代替公子扶苏，杨广继位，玄武门之变……都是"悌"这个字里活生生的内容。

在儒家学说里，"悌"的主要内容是尊重、服从和顺从，讲的是弟弟对兄长的心悦诚服。有父从父，无父从兄。旧时繁荣昌盛的家族，没有一个不是遵循这一古训的。在这样的家族里，长幼有序，各司其职，其乐融融，但有时也暗流涌动，有些人想突破这一秩序，导致家族逐步衰落。

当然，这一切的前提取决于这个大家族的领导人，即享受"悌"这一传统规则的人的贤达品质和智慧。从字形来讲，"悌"突出心，是弟在心里，通常的解释是尊重兄长。弟弟敬重哥哥，怎么敬重呢？体现在思想和行为上，思想看不到，行为具体化，表现为语言和肢体两种行为。语言上谦卑，比如在戏剧里经常出现这样的话："兄长……"反映了哥哥在弟弟心中的位置，既是兄，又是长，其中"兄"表示本身的兄弟关系，"长"表示像长辈一样尊敬。

古人为什么把心中的弟弟解释成尊重兄长呢？我的看法是这样的，从人性上来讲，一般是长辈对晚辈的亲情甚于晚辈对长辈的亲情。哥哥和姐姐对弟弟和妹妹的亲情一般要甚于妹妹和弟弟对哥哥和姐姐的亲情。父母甚于儿女，天性使然，不必多言。在一母同胞的兄妹中，大一些的孩子对自己小时候的成长经历，特别是没有记事之前的成长过程一无所知，但看到弟弟妹妹在父母的精心照料下长大，就想到了自己，能更多地将心比心。在这个过程中，老大有时会代替父母的一些角色，也会在弟弟妹妹的成长过程中倾注心血和感情。在众多弟弟妹妹中，他们应该是对公平和成长理解较多、较深的成员。在物质生存资料缺乏的时代，公平是生存、成长的前提和基本条件。因此，将"悌"字解释成尊重兄长是很合理的。弟弟的心里有兄长，不忘兄恩。兄弟同心，其利断金。推而广之，社会、国家也是如此，只是延伸得大一点、广一点，所以"悌"也就成了与"孝""仁"并列的基石。

此外，我觉得兄长心里有弟弟也合适。心里有，才能在语言和行为上体现出来，而且更符合伦理，更符合人之常情。在一个家庭或家族里，只有心里有更多的爱，有更多的责任和义务的人才愿意付出自己，将更大的公平采用合理的方式让众多弟弟妹妹分享，从而产生凝聚力，使自己所在的集体生机勃勃，繁荣昌盛。

仁是什么？仁是一种善良、包容的思维方式，以及由此而来的思想和行为。在这种思维方式下，人们心地纯洁，彬彬有礼，相互帮助和爱戴；积极向上，向往美好，追求符合人性和自然之美的理想生活。它是人与人之间维系感情的纽带，用善和爱的力量团结众人，奔向更美好的生活。

孝是纵向的，反映的是不同辈分之间，晚辈对长辈的尊敬和爱戴；悌是横向的，反映的是兄弟姐妹之间的感情，以及兄弟姐妹之间的责任和义务。

有了血脉连接的孝和悌，"仁"也就出现了。它用善良、和谐、包容、感恩、责任及义务等方式在人世间缓缓移步，用它亲切温暖的手抚摸天下苍生。

在孝和悌的春风里，仁带着暖融融的阳光，将孝和悌的血脉亲情的温暖，缓缓地披在人们身上。儒家的光辉思想就此诞生，理想就此建立。一代又一代的儒家弟子，为了践行孔子的思想，为了使孝、悌、仁施行于世而前进着，努力着。因为他们知道，这不仅仅是个人的品德，也是民族的品德。

为此，他们曾经落难，甚至玉碎，但一代又一代的仁人志士终究将热泪和热血洒在这片土地上，滋养了浩然的历史正气。正像诗人艾青所说："为什么我的眼里常含泪水？因为我对这土地爱得深沉。"

我似乎看到了有教无类的教学场景，似乎听到了孔子讲课的声音。在那座茅草院落里，在那棵千年大树下，众多弟子的目光聚集在一位老人身上，珠玉般的智慧之声抚摸着他们的心灵。他们品味，他们思索，他们将带着这些闪着金光的思想从这里出发，穿越时空，走向未来……

2020年5月15日　庚子年四月廿三

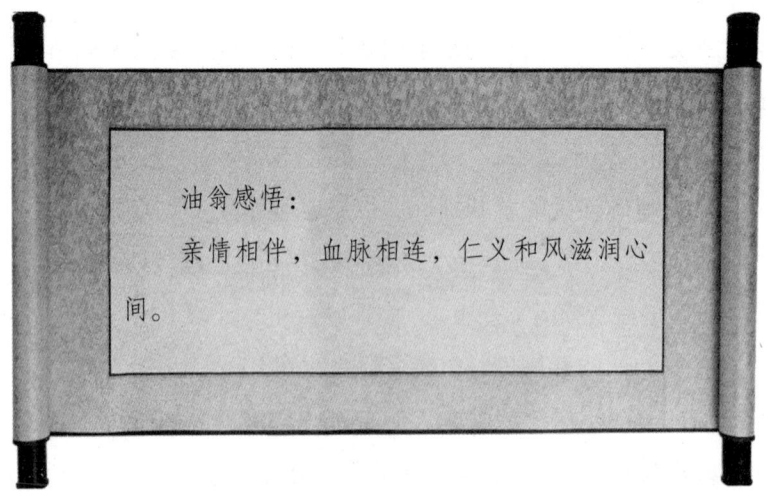

油翁感悟：
　　亲情相伴，血脉相连，仁义和风滋润心间。

巧言令色，鲜矣仁

《学而篇第一》杂谈（四）

◎卖油翁

巧言令色，现在已是一个成语，千百年来，已经成为花言巧语的代名词。说着昧心的话，捧着虚假的笑，想着自私的利，梦着贪婪无底的欲，唯独缺少"诚实"。须知，诚实是最优秀的品质，是立人之本。失去诚实，终会遭人唾弃。不管是为官的，为民的，为商的，不管自己的品德如何，都希望与自己打交道的是一个诚实的人，没有人不喜欢诚实的人。

春秋时期，齐国霸主齐桓公在管仲的帮助下，九合诸侯，成就伟业。管仲死后，齐桓公宠信三名巧言令色之徒，落了个悲惨的结局，齐国也因此走向了衰落。

这三个人是齐桓公的宠臣易牙、卫开方和竖刁。易牙杀子献糜，取悦齐桓公；卫开方不关怀自己的父母，不爱其亲；竖刁自受阉刑，委身入宫。管仲临终前对他们做了评判：易牙为满足国君的一点需求，竟然杀了自己的儿子，没有人性，这样的人岂能为相？卫开方背叛父母，不爱其亲，不合人伦，安能爱君？人之最亲近的，应该最爱护的，当然是自己的身体，竖刁为了进宫接近齐桓公，伤害自己的身体，不合人情，岂能忠君爱国？他们阴险冷酷，谗言媚脸，是巧言令色之人。后来齐桓公病重时，易牙、竖刁、卫开方等人把齐桓公禁锢起来，与外界隔绝，并垒起高墙不准他人入内，一直熬到冬天，把齐桓公活活饿死。此后齐国陷入长期内乱，跌下了霸主之位。

子曰："巧言令色，鲜矣仁。"

这句话的意思是，花言巧语，装出和颜悦色的样子，这种人的仁心就很少了。

这段历史故事是这句话贴切的注解。

"巧言令色"四个字谈及两个方面的问题，一是语言，二是态度。"巧言"，按词的本意是巧妙的语言，但孔子在这里反其道而用之，是说这个"言"太巧了。极力地追求巧，把"巧"本身的美用过了头，反而成了丑或恶的外衣。色，这里指态度、脸色。孔子用了一个"令"字，让人拍案叫绝。"令"本身有善和美好的含义，也有命令的意思。脸色应该是自然的、和谐的。对人的态度，对事物的看法，按照人的本色表现最好，但有些人不是本色也就罢了，连"让"也不是，而是"令"，命令自己表现一种"美好的色"，而这种色又是在巧言的基础上。试想一下，一个满嘴假话、谎话的人，脸上挤出一丝笑容，和你亲亲近近地说话是什么感觉，也许如沐春风，也许如坐针毡。这种人把诚实抛掷脑后，不认可诚实是做人之本，反而把溜须拍马、阿谀奉承、口是心非、言行不一视为金科玉律。为了他们心中的目标，把白说成黑，假说成真，毫无诚信，唯"我"是中心，"我"的利益高于一切。

"巧"字是对一个人悟性好，语言和行为敏捷、适当的优美表达。《诗经》里有"巧笑倩兮，美目盼兮"的句子，意思是笑得真好看啊，美丽的眼睛真明亮。这个"巧"字表达的是姑娘的笑，大方、自然、恰如其分。不是大笑，也不是嘲笑，而是自然含蓄的笑，美好自信的笑。这种笑就是巧笑。但任何东西都要适度，过度了往往适得其反。就拿这个巧笑来说，巧得过分就是忸怩、做作、不自然、不协调，所以，适度、自然、适时为最好。

每个人都喜欢听好听的话，这是人性使然，但这也是容易被人利用的弱点。这种甜言蜜语，听着心里暖洋洋的，甚至你心里想听什么，人家就能说什么。这是一个方面。这种"巧言"的人，对别人的些许过错吹毛求疵，对自己却百般狡辩，不思己过，永远都是别人的错，永远都有原谅自己的理由。他们的巧言和据理力争、侃侃而谈截然不同。他们不是分析道理，追求真理，而是察言观色，说着华而不实的语言，也许能让你为之倾倒，为他喝彩，但剔干了水分，再蒸发一下，可能就是渣滓了。这种巧言只是投你所好，以获取更大的利益。

平和的生活，自然和谐之美，是熙熙攘攘的尘世生活中的享受。刻意追求超过能力的事物，会使个人有限的资源枯竭。宇宙无限大，世界无比广，欲望无底深，而人生几十年，能活出一点云彩就不错了。自己所说的话，表达的观念或判断以及思想、感觉等，要经得起推敲，经得起岁月的洗涤。路遥先生说过，这个世界是一个平凡的世界，也是一个普通的世界，更是一个伟大的世界。珍惜当下，诚实为人，能独善其身则善其身，能济天下则闪一点光，也许像萤火虫的微光那样弱，但终究是自己尽力而为，是诚实的，更是美丽的。

做一个诚实的人吧！拥有一颗平常的心，普通的心，诚实的心，会让我们的生活更加充实，更加美好！

2020年5月19日　庚子年四月廿七

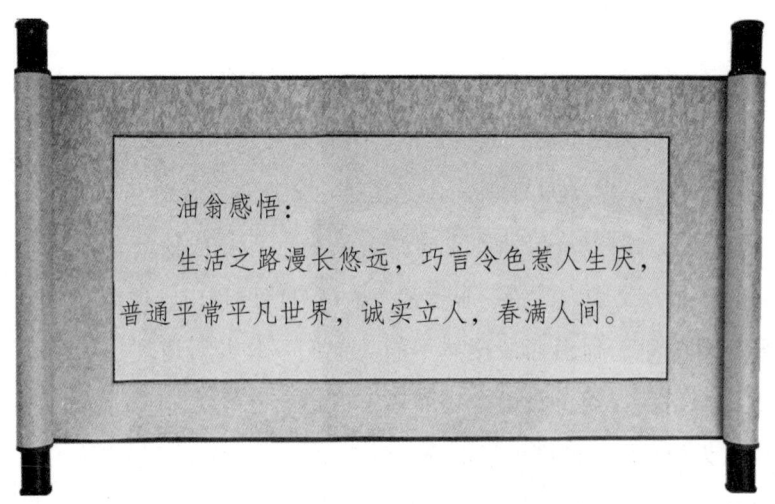

油翁感悟：

生活之路漫长悠远，巧言令色惹人生厌，普通平常平凡世界，诚实立人，春满人间。

一道美丽的彩虹
《学而篇第一》杂谈（五）
○卖油翁

春天有春寒，夏天有暴雨，秋天有霜冻，冬天有冰雪。没有四季如春，很少风平浪静，谁的生活一帆风顺？只有在不断地反省和自律中，在不断地努力学习中提高自己，才能在满天云彩里，蘸一点阳光，化身为一道美丽的彩虹。

诚实守信这一美德延续了社会文明。我们说的话，做的事，都是内在思想的反映。生活中，每一种信念的形成都源于日常小事，源于生活中的点点滴滴。说到言而有信，曾子作为孔子的高足，从理论到实践，都不遗余力地身体力行。

曾子杀猪是家喻户晓的典故，故事里闪耀着诚信的光辉。

曾子曰："吾日三省吾身：为人谋而不忠乎？与朋友交而不信乎？传不习乎？"

这是先贤的切身感悟,也是君子修心修身、总结思考、学习改进的必经之路。这几句话的意思非常简单,带给我们的感受却是深刻而悠远的。千百年来,多少人把这段话作为座右铭写在书房,刻在心里。这段话闪耀着熠熠光辉,唱着深沉的长歌,温暖着人们的情怀。

这里有几个概念:谋、忠、朋友、信、传。

"为人谋而不忠乎?"这个"谋",我认为更多的是指谋生的工作,而不是替人出主意、想办法。儒家偏重文礼,所以更多的是指计划、规划、策略,以及其他思想和文字性内容的工作。当然,工作中也要想办法、出主意,但和帮人出主意、想办法是两回事。这就表明,这个"谋"既是工作方式,也是工作情形。"为人谋"即从事有报酬的工作,那么该怎样去工作呢?

曾子给出了答案,就是"忠"。这包括两个方面,一是态度,二是行为。不管是哪一方面,都需要尽心尽力,对得起自己的良心,对得起那份俸禄,而且还要有担当。想要完成这些,没有"忠"的理念,是不可能做好的。

"忠",在秦汉以前,表示在人际交往中尽心尽力地做,属于一般的道德范畴,其最大的特点是"尽"。"忠"字,心在中间,有坚定不移的意思,没有后来的"忠君"思想。尽心尽力不是无原则的愚忠,不是"君叫臣死,臣不得不死"的封建思想,而是一种做人的态度,是一种诚实美好、相互理解、相互信任、相互帮助的价值观。

"朋",从字形上讲,两个身体紧挨着,指同窗、同门、即在同一个地方或跟随同一位师父学习的人。"友",志向相同、理念一致的人。两个字合起来,表示志同道合的同学或同门弟子,后来指有共同趣味和爱好的人。这里即为此义。

"信",从字面意思来说,指别人的话。认为别人说的话是对的,就是信。还有一个字——"孚",也表示信,从字形解释是用手抓住孩子,他可以用手抓住你的孩子,或你可以用手抓住他的孩子,这肯定是相互信任的关系,能够互相抱孩子的人一定是信得过的人。

在工作中,与领导、同事交往,有着相同和不同的联系。在生活中,与家人、亲戚、朋友以及熟悉或不熟悉的人打交道,也需要联结这些关系。那么就需要出现一个有这样功能的体系来维护。"信"就是这一体系里的重要内容。

信的内涵为无欺,践约,诚实。

无欺,即不要欺骗。骗人终骗己,祸患无穷。在帝王将相里,当数西周时期的周幽王空前绝后了。为博取美人褒姒一笑,烽火戏诸侯,从此失信于天下。丧失了基本的"信",丢失了基本的人格,大好河山开始沦落,最终招来亡国之祸。

民间也有相似的故事,有一个小羊倌戏弄村民,两次在没有狼的情况下高喊狼来了,村民被骗了两次。第三次狼真的来了,任凭小羊倌怎么喊,村民也没有来帮他驱赶狼,最后狼咬死了羊,损失惨重。

践约,即履行自己的诺言和约定。如果能够兑现诺言,是完美的结果,但是有一点要特别注意,许诺一定要量力而行。轻易承诺超过自身能力范围的事情,会使践行、实现它变得非常艰难。因为这个承诺不合实际,超越你的能力,或者没有实现的条件,不仅你的美好承诺落空了,得到你承诺的人也只能水中捞月。

如果能够互相理解包容,那还有回旋的余地;如果沟通欠佳,那么你在对方眼里就是一个失信之人,形象一落千丈,甚至可能对你由信生疑,由疑生恨,导致意想不到的结果。任何事情都有其自身的逻辑关系和外在联系,如果轻视或者没有恰当地分析判断,那么随之而来的就是艰难坎坷。所以老子说,轻诺必寡信,多易必多难,正是这个道理。

"信",立身之本。

孔子谈论过这一问题:"人而无信,不知其可也。大车无輗,小车无軏,其何以行之哉?"人如果没有诚信,是根本不可以的。这就像车辕没有木销,怎么行走呢?周幽王不守信,用国防交通信息开诸侯的玩笑,导致国破家亡,使周朝社会陷入混乱和动荡。小羊倌不守信,落了个羊被狼咬死的结局。因此,不管是贵族大夫还是平民百姓,都应该把诚信视为圭臬,倍加珍惜。"信"是立身之本,守住信用,即使普通平凡的生活,也无愧于心。

"传不习乎?"这里的"传"指老师传授的文化知识和技能。在当时的历史条件下,知识更新缓慢,除了自己观察和揣摩外,老师是主要的文化传授人。儒家以礼、乐、射、御、书、数六艺为教育内容,在那个时代,已经是先进的教育理念了。孔子开私学之先河，有教无类，弟子三千，贤者七十二，使文化传播有了广阔的天地。有许多身怀绝技的文化和技术高人，在"传"的过程中，或是没有合适的弟子，或是不想完全传授，致使许多绝学没有流传下来，实在是"传"的遗憾。

"吾日三省吾身"，这句话体现的是严格的自律精神。"三省吾身"，是多次思考和省察自己的言行。也就是说，说过的话，做过的事，不是过去就结束了，而是应该从中得到启示。说对了还是说错了，做好了还是搞砸了，都是省察自己的内容。做好了，继续发扬努力，以后更好；有问题，寻找原因和解决办法，争取以后不再出现同类错误。不管从事哪种职业，如果能严格要求自己，自省自律，时刻不忘学习并提高自己，那么在社会发展中，一定能站稳脚跟，获得一席之地。倘若浑浑噩噩，不思考，不分析，不总结，即使侥幸获得一时成功，但由于缺乏清楚的战略思想，未来也不会明朗，导致经常处于风雨飘摇之中。

荀子也说："君子博学而日参省乎己，则知明而行无过矣。"这是贤者的肺腑之言，恳切之声，也是谆谆教诲之语。在反省中找到自己的不足，提升自己的思想和修为；在反省中升华自己的道德境界，使自己的人格更加完善。

尽忠尽职，诚实守信，尊师重教，不断学习，是生活的指引，进步的阶梯，更是文明发展的基石。

每天休息的时候问问自己：工作中是不是尽心尽力？和朋友交往是不是诚实守信？坚持学习了吗？

啊！圣贤们的声音穿越历史长空，那睿智的思想与深沉的文化精髓,永远滋润着中华儿女的心灵,永远流淌在春风夏雨中。

2020年5月26日　庚子年闰四月初四

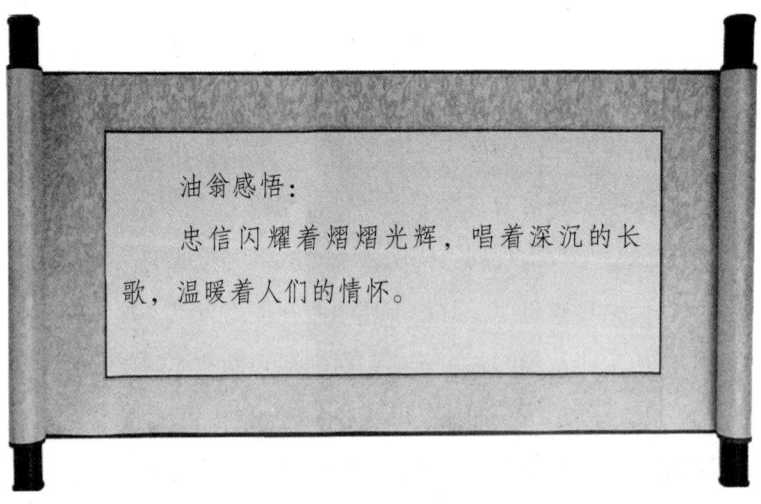

油翁感悟:
　　忠信闪耀着熠熠光辉,唱着深沉的长歌,温暖着人们的情怀。

让鸟儿在蓝天里高飞

《学而篇第一》杂谈（六）

○ 卖油翁

前几天看了一部电视剧，名叫《最美的青春》，深受感动。这是一部记录河北围场县塞罕坝林场建设的故事片。一代林业英雄不畏艰难，勇战黄沙，植树造林，给后人留下了宝贵的精神财富。剧中有一个细节，我思绪良久，不能入寐。

塞罕坝造林先遣队因大雪阻断了交通，和外界失去了联系，断粮了，大家面临饿死的危险。这时，寡言少语的厨师老魏救了大家的命。原来，老魏把这些大学生平常吃剩的饭粒、馒头等收集起来晒干了，准备带回家送给自己缺粮的老娘。但是这里一点儿粮食也没有了，只有这点儿吃的能够救命，于是，老魏在冯程的动员下把粮食奉献出来，熬成稀粥救了大家的命。

这是一个感人的故事，也让我想到以前粮站院墙上写得最多的一句话：七斤粮食一条命。这个故事很好地诠释了"节用而爱人"。

节用而爱人，节约用度，不浪费，不奢侈，爱护人，帮助人。

纣王酒池肉林，贪婪奢侈，宠妲己而亡国。杨广凿运河开南北漕运，虽然促进了经济，但超过了当时的国力，耗尽了民脂民膏，招致隋亡。慈禧挪用海军军费过六十大寿，致北洋海军惨败。1942年河南大饥荒，饿死了无数老百姓。有的人只要再有一口饭，也许就能活下来。当下，有些顾客吃完饭不打包，酒店、食堂就把剩下的饭菜倒掉，浪费惊人。粮乃国之本，粮食是重要的战略物资，民以食为天，应大力推行节约粮食。

暴殄天物，天理不容；作践五谷，愧对良心，浪费是可耻的。

如何去爱人呢？爱是装不出来的，不是发自内心的爱总是覆盖着伪善的面孔。要有善良的、积极向上的心，一颗仁义的心，才能有发自心底的爱。艾青有一句诗："为什么我的眼里常含泪水？因为我对这土地爱得深沉。"这就是爱，这是对大地的爱，对祖国的爱，对母亲的爱。当我们在为人处事的时候，从这种充满家国情怀的心里散发出的暖暖的善的馨香，就是爱。当爱像暖融融的春风一样抚摸人的心灵时，就是爱人。

子曰："道千乘之国，敬事而信，节用而爱人，使民以时。"

孔子说:"治理一个有一千辆兵车的国家,要严谨认真地办理国家大事,并恪守信用,不能奢侈浪费,要爱护人民,役使百姓不要违反时令。"

这段话是站在领导者的角度上说的,是关于国家治理的基本原则。卖油翁一介村夫,布衣一枚,虽不敢妄谈如何做一个大领导,但对于"敬事而信,节用而爱人,使民以时"这句话,在摸爬生活、体验生活的几十年风雨里,也有一些感受。

"敬事而信",敬事和信用不可分隔,信用是做人做事的基础。

敬事,包括态度和具体行为两部分。

态度是成功的基本条件。一件事,如果以良好的态度慎重对待,就有成功的可能性,可以说已经成功了一半。反之,玩世不恭,虚浮应付,即使是一件容易的事,也可能导致糟糕的结果。

具体行为包括对事情的整体把握、判断和分析,以及行动,有两个意思。一是认认真真做,尊重事物的内在规律,不凑合,要做就做好,如果做不了,宁愿不做。不要一时头脑发热,认为简单而去做;或者不好意思推托,不分里外地去做。二是要了解事情发生的时间和所处的位置,然后确定怎么做。也就是说,对人、对事能够把握机会,到了该做的时候才去做,该舍弃时就舍弃,如果没有自己做的机遇就干脆地离开。功不成,要果断离开;功成了,更要名遂身退。然而,做到这一点非常不容易。

做任何事情都应思考怎么做更合适,能做得更好。如果不去分析、研究，掌握不好做的时机，控制不好合适的分寸，会使结果大打折扣，甚至会出现相反的结果。

勤勉谨慎，尽心尽力，有始有终，判断事情的发展趋势，搞清应该努力的方向，不要空耗精力。"善始者众，善终者寡"，没有一帆风顺，天空不可能永远有彩虹，一定要"三省吾身"，总结、思考、学习、改进。

"使民以时"，重在"时"字。在合适的时间使用人，在合适的位置使用人，以合适的方式使用人。役使百姓，要注意时令。当时是农业社会，特别注意的是，不能争抢农时农事。

关于"时"，论语里有更精彩的记载。也许是在一片山谷中，也许是孔子和子路路过一道山梁时，一群野鸡飞起落下，触动了孔子。于是，孔子的内心有了波澜和涟漪，发出了"山梁雌雉，时哉时哉！"的慨叹。这既是对自己半生漂泊的感叹，也是对历史社会的总结。这群山鸡得其时呀，多么自由，多么快乐。得其时，鸟儿才能自由飞翔。

得其时是做事的关键，如果不得其时，就会一事无成。

得其时，才有春夏轮回，四季交替；得其时，才有鸟儿在蓝天里高飞，翱翔万里。

在浩瀚的历史长卷中，在滚滚的沧海横流里，孔子和弟子们风尘仆仆的身影，领略着过去，传递着未来，滋润着我们的心灵。

2020年5月31日　庚子年闰四月初九

让鸟儿在蓝天里高飞

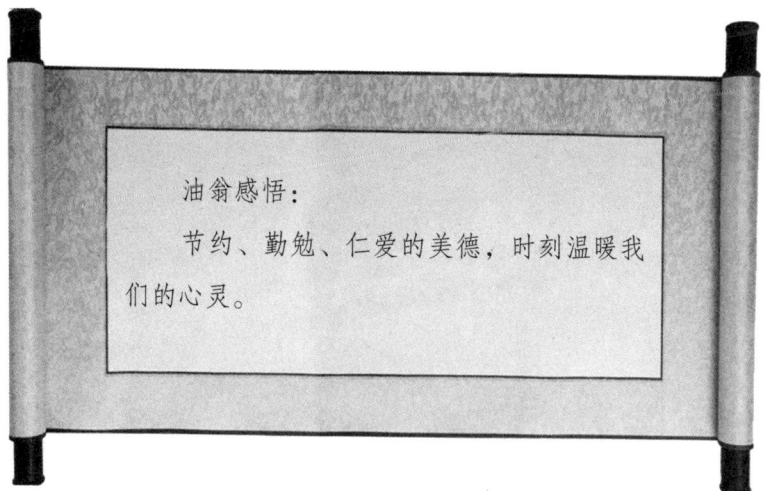

油翁感悟：

　　节约、勤勉、仁爱的美德，时刻温暖我们的心灵。

春风细雨

《学而篇第一》杂谈（七）

◎卖油翁

曾经在一个饭馆听到一句话，味之再三。

一位六十多岁的人进饭馆和一位熟人埋怨，有人说了他几句，让他不满。老汉余怒未消，大声数落那个人的不是。旁边一位五十多岁的妇女，大概也认得他，笑着对他说："快不应说了（土话，意思是过去就过去了，再说也没有多大意义），人除了死难，就数说话难了。他也是嘴上没有把门的，没心没事说的。"因为刚才听到她和另外一位清洁工探讨找活儿干，说自己刚从农村来到县城，想谋一份打扫卫生的工作，所以肯定是一位农村妇女。

这是我几十年来听到的关于说话的最精辟的比喻。一位找工作的妇女，在一个不起眼的小饭馆里，说了一句极具哲理的话："人除了死难，就数说话难了。"

言语要谨慎，饮食要节制，这是亘古不变的道理。

祸从口出，病从口入。谨言慎行，会减少生活里的风浪，让生活中多一些平安祥和，多一些美丽的颜色。

子曰："弟子入则孝，出则弟，谨而信，泛爱众，而亲仁。行有余力，则以学文。"

小孩子从小要接受孝悌的教育，懂得长幼礼貌，友爱奉献。生活不仅仅是得到，还需要付出。知道赠人玫瑰，手有余香，分享也是快乐的。要谨慎地说话和做事，诚信为本，用爱心欣赏和拥抱世界。这样就和仁的修养越来越近了。如果还有时间，有经济能力，那就去学习诗书礼乐等知识吧。

孝和悌是一切善和爱的基础。"孝"是成长的第一课，也是必修课。在家尽孝，报答养育之恩，传承爱意亲情。长大后融入社会，"悌"的兄弟之义，就像和煦的阳光，照耀着同学、朋友和同事们，更像取之不尽的动力源泉，为人们的友爱互助、共同发展插上腾飞的翅膀。这种筋脉相连的爱，流淌在中华儿女的血液中。

"谨而信"，关于信，人无信不立，前面已谈，不再赘述。这里说一下"谨"。谨是慎重、小心的意思，引申为敬重、恭敬。兑现了才信，失言了，没有兑现，就是失信。所以，要实现信，就要"谨"。"谨"，包含说话的时机、方式、态度以及所表达的内容，也包含行为方面。该起则起，该落则落，时不利则潜龙勿用，合于时该行则行，但不能过头，水满则溢，月满则亏，"盈不能久也"。

"泛爱众"，是一种胸襟，就是能广泛地爱人。把孝悌之义、兄弟之情扩及众人，把爱的光芒洒向世界，撒向未来。从小养成良好的品质，塑造理想的君子人格，并有较好的心理承受能力，经得起压力和挫折，而且要学会表达，谨言慎行，诚信立人，朝着"仁"的方向大步前进。只有善良宽容才能充满爱心，只有孝悌仁爱才能感恩诚信，像细雨滋润禾苗一样荡涤人们的心灵。只有不断地修心修身，才会沐浴到儒家文化三月阳春般的温馨，满怀君子之情。让我们仰望夜空里熠熠闪光的星星，聆听圣贤的智慧之声吧！

当具备这些基本素质后，就该更上一层楼了。

"行有余力，则以学文。"

春秋时期，生产力低下，社会经济落后，处在奴隶社会向封建社会过渡的阶段。教育垄断在贵族手里，平民是不可能学习知识的，更别说奴隶了。孔子是没落贵族，虽少时贫贱（"少也贱，故多艺"），但在母亲的努力下，还是有了学习的机会。孔子开私学之后，有教无类，开启了平民学习文化知识的先河。但是，圣人也需要衣食住行，也有迎来送往等门面开支。孔子曾说："以吾从大夫之后，不可徒行也。"维持车马是一笔极大的费用，和现在的物质水平相比，比养一辆豪车有过之而无不及。所以，招收弟子也要"束脩"，十条干肉的学费不是普通人家能承受的。也就是说，能来学习的弟子，家境还是不错的。当然，颜回除外。

所以,"行",首先是经济上的"行",其次是时间上的"行"。

有富余时间学习,能付得起"束脩",是学习的基本条件。否则,还是先填饱肚子充饥,穿上衣服遮羞,搭上茅屋挡雨吧。一箪食、一瓢饮的颜回还是经不起风吹雨打,饥寒交迫,没有成为孔子的继承人。没有转换成物质财富的"文",在强大的生存压力下是不会走得太远的。

孔子语重心长地告诉大家,行有余力才学"文"。在当时的社会条件下,"文"只能被奴隶主或贵族接受后,才能以"文"生存。难道还有其他出路吗?没有,所以才有子张问干禄的事。子张向孔子请教怎么才能挣到钱,才能长久地挣更多的"干禄"。他的目标很明确,投入孔门是为了干禄。

如果把这里的"文"的概念具体化,放在现代文化的狭义的范围内捋一捋,那么学文的人,有几个能离开机关、离开单位生存呢?用作家这个群体打比方,不在文联或作协工作,不领那份养家糊口的工资,除去一些大有所成者和有另外收入的人,想以文谋生,并且生活优裕,大概是一件艰难的事。

所以,行有余力,再去学"文"吧。

岁月如梭,光阴似箭,逝者如斯夫。一辈子说长不长,说短不短,有时奔走如飞,有时慢如蜗牛。只有在孝悌仁义的绵绵暖阳里,在坚持不懈地修身学习中,才能在圣贤智慧的海洋里,领略更亮丽的风景。在回首过去和往事的时候,才能在记忆里多几朵美丽的小花，多几抹鲜艳的色彩。

2020年6月9日　庚子年闰四月十八

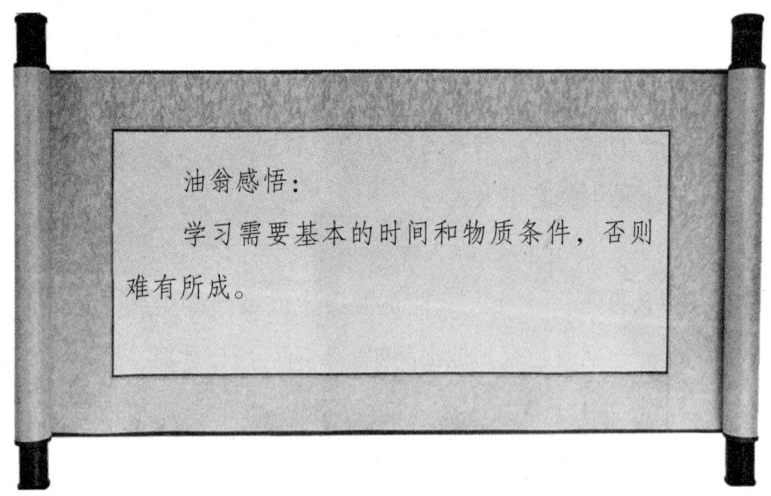

油翁感悟：
学习需要基本的时间和物质条件，否则难有所成。

阳光美好的情怀

《学而篇第一》杂谈(八)

◎卖油翁

为什么要学习?学问的目的是什么?

子夏给出了答案,学问的目的是做人做事。不管学什么,做什么,都不外乎和人打交道,不外乎怎么做事。

> 子夏曰:"贤贤易色;事父母,能竭其力;事君,能致其身;与朋友交,言而有信。虽曰未学,吾必谓之学矣。"

"贤贤易色",两个"贤"字,第一个用作动词,第二个是名词。贤,指有德行的、有才能的人,包括人们和谐的相处之道,以及积极向上的善良和美好。色指态度。

生活中有许多德才双馨的人。我们遇到了,要以虚心的态度接近和请教，然后以之为楷模，省察自己，自问差距在哪里，人家是怎样成为贤能之士的呢？虚心学习，修心修身，取得进步。

比如，遇到一位心中仰慕的才德之士时，敬佩之心油然而生，"见贤思齐焉，见不贤而内自省也"。这是自然的心情，因为有所了解，知道其才能和品德是自己的榜样。这就是贤贤易色。潜意识里，我们会向贤者看齐，并内省不足，努力提高自己。看到品行不太好的人，要从他们身上看到问题，审视自己的缺点和不足，并引以为鉴。

生活环境不一样，个人的起点就不同，个人素养、思想也千差万别。起点低不是错误，只要有积极进取的精神，普通人也会在见贤思齐的学习过程中获得知识，养成良好的品德。不是说要达到多么高的高度，而是在自己原有的基础上取得进步就可以了。有缺点和过失不可怕，有则改之，无则加勉。如果发现不了错误，或者发现了却不去改正，甚至视而不见，那才可怕。"三人行必有我师焉。"生活中有许多学习的机会，在一点一滴的积累中，慢慢就会有巨大的收获。

《礼记》说："贤者狎而敬之，畏而爱之。爱而知其恶，憎而知其善。"接近贤人，给予他应得的尊重、敬畏和爱戴。可贤人不是完人，有优点也有缺点。因此，应学习、欣赏其优秀之处，爱护、尊重其德能，但不能全部照抄照学。七十二贤者之一的子贡还有"方人"的喜好呢，所以爱他也应该知道他不是完美的。同时，憎恶一个人，也应该了解他好的一面。

接近贤人是学习的一条明路，而研读书籍文献也是一条途径。只要想学，老师到处有，机会多的是。

"事父母，能竭其力。""竭"，这里是量力而为、不过分的意思。百善孝为先，论心不论迹，论迹贫家无孝子。关于孝，前面有专门的论述，这里强调一点：真正的孝跟贫穷和富裕无关，跟金钱和权势无关。只要有孝心，想尽孝道，不管富贵贫贱，都可以做到，只要"竭其力"就是真正的孝。

父母老了，让他们衣食无忧；病了，为他们端水送饭，请医问药，床前侍候。心尽了，孝就到了。不要做超过自己能力的事。比如，你是个收入一般的人，却非要送父母到高级疗养院去享受高档服务，父母没有积蓄，你又负担不起，于是，你卖掉住的房子，或走上不归路，那就大错特错了。也许住高档疗养院对于富豪之家而言是小事一桩，但对于你来说，这就不是尽孝，而是伤害父母，作践自己。

孝敬父母，有心就好，尽心尽力，就是孝道。

"事君，能致其身。""君"，本义是指德高望重的老人，这里可理解为你认可并尊重的上级，以及那些值得你爱戴和尊敬，并且愿意为之工作和服务的人，不要只理解为君主、国王、皇帝。

"致"，这里是全心全意、尽心尽力的意思。做到这个"致"可不容易。如何才能做到"致"？工作中，全身心地投入，不遗余力，就是"致其身"。应该注意的是，"致其身"可不是一蹴而就，而是需要坚韧的毅力、坚定的内心、饱满的热情以及负责任的态度，在工作或生活中都是一样的。

有的人没有责任心，态度不端正，敷衍了事，得过且过，既不上进，又缺乏理想信念。有的人三心二意，这山望见那山高，身在曹营心在汉，不满意当下，总是好高骛远，认为自己一块好钢用在了刀背上，不仅不能"致其身"，而且渐行渐远。

历史上能够做到"事君，能致其身"的人多不胜数。比如文天祥，他的"人生自古谁无死，留取丹心照汗青"，用生命诠释了什么是"致"。这是光照后世的君子的光辉，是"致其身"的千古垂范。

热情助人，积极向上，品德好，业务好，吃苦耐劳，工作用心，尽力完成本职工作，就是"致其身"。

家庭里，慈祥尽职的父亲，贤惠勤劳的母亲，辛勤抚养儿女，全身心地付出，也是"致其身"。

与朋友交往言而有信，前面已经讨论过，再三提出，重要性不言而喻。实际上，真正践行这一条是很不容易的事。所以说，话不能说满了，一定要坚持谨言慎行。

"虽曰未学，吾必谓之学矣。"能做到见贤思齐，以谦恭的态度请教学习，孝敬父母尽心尽力，做工作和帮人办事全心全意，交朋友诚实讲信用，这样的人即使没有学习过，但他也是一个有学问的人。

在尊贤尚德、孝悌仁爱、阳光般美好的情怀里，在言而有信、热情诚实的和谐春风里，做一个实实在在的人，做一些踏踏实实的事吧！

阳光美好的情怀

先做人，后做事。一个人的一辈子，就是做人做事。

2020年6月15日　庚子年闰四月廿四

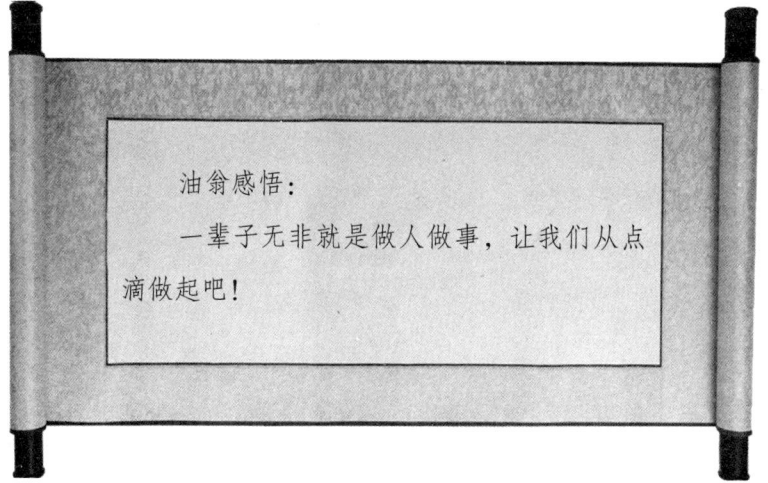

油翁感悟：
　　一辈子无非就是做人做事，让我们从点滴做起吧！

欣赏风雨彩虹

《学而篇第一》杂谈(九)

◎卖油翁

虚荣傲慢,骄矜无知;谦虚好学,阔步前行。欣赏别人是优秀的品质和能力。只有欣赏,才能发现人性绽放的光芒;只有欣赏,才能在夜空中看到美丽的星星。

在这美丽的星光下,在历史的长河里,谦谦君子满身闪耀着智慧和真理的光彩。将来,或者在更遥远的时代,会和着时代的音符穿越时空,唱响未来。

君子孝悌仁爱,忠信感恩,德才兼备,谨言慎行,有所为有所不为。

那么,怎样才能成为君子呢?

子曰:"君子不重,则不威;学则不固。主忠信。无友不如己者。过,则勿惮改。"

君子如果不庄重,就没有威严;即使学习也不会有坚实的基础,不会牢固。要以忠和信为根本。每一位朋友都有比自己优秀的地方;有了过错,就不要害怕改正。

"君子不重,则不威",其中"重"和"威",有不同的解释。

有人把这两个字理解为端正身板,板起面孔,身重如山;态度严肃,不苟言笑,让人望而生畏。窃感到有傲慢之闲,不是君子可敬可亲的贤德形象,真正的学问家大部分都不是这样的。

这是儒道分家后的看法。春秋时代儒道是不分家的,这应该是"罢黜百家,独尊儒术"后的解释。

"重",表示重量,有时也表示程度深浅。这段话紧接在子夏探究学问之道的后面,明显是在谈论学问的深浅程度,表示君子学问的高低。"重",学问深,脑子里有真东西,真内容,充满自信和智慧,则威;"不重",学问浅,则不威。有良好的修养和学问,言行有君子的风采,就达到了君子的"重"。难道修养好、学问好就必须端正身姿、严肃态度吗?不是,君子给人以亲和之感,让人仰慕,而不是让人敬而远之。

"威",从字形上看,是持着戈保护家里的女人,引申为强大的力量和使人畏惧的气势。有文化,有学问,是为了让人畏惧吗?不是的。当学问足够高深以后,举手投足颇有君子的谦谦之风,自然就得到尊敬。与之交往甘之如饴,如沐春风。人们愿意看到其英姿,欣赏其话语。桃李不言,下自成蹊,浑厚的学问修养产生了"威"。这种"威"不是通过板着面孔体现的,而是内外兼修后溢于言表的。

不重不威,就是学问修养不到家,就不会得到尊敬。这就告诉人们,时时学习,刻刻努力,修身养性,提高自己。不断学习,就会"重",也会"威"。

"学则不固",学习可使人思想灵活,视野开阔,不局促,不拘泥;没有学问,就不充实,不自信,自然就浮躁。缺少"重"的本钱,"威"就没有依靠,学问也就不会牢固。

忠信是高贵、优秀的品质。"主忠信"是做人的根基,是君子的立身之本。

"无友不如己者",很多人理解为不要和不如你的人交朋友。对于这种解释,不敢苟同。同声相应,同气相求,相同的趣味志向成就了志同道合的朋友。云从龙,风从雨,不同道者难以成为真正的挚友。交友之道,忠信而已。

难道"我"必须超过"我"的朋友吗?高矮胖瘦也能成为择友的标准吗?不如自己的人就不能成为朋友吗?照这个推理,人世间哪还有朋友,每个人都成孤家寡人了。显然不是这样,四海之内皆兄弟,每个人都有朋友。

这句话我这样理解,没有朋友不如自己。也就是说,每个朋友都有长处,都有值得学习的地方。要虚心待人,善于发现别人的优秀之处,善于找到自己的缺点和不足。取长补短,让朋友成为自己进步的力量源泉之一。

孔子有一句著名的话:"三人行,必有我师焉。择其善者而从之,其不善者而改之。"这句话更确切地说明了朋友之间相互学习的重要性。

"过，则勿惮改"，没有人永远正确，圣人亦有过，何况普通人。重要的是如何对待错误，是迁就，还是改过；是找理由推脱，还是认真分析，吸取教训，以求不重蹈覆辙。知错必改，善莫大焉。

"惮"，害怕、畏惧的意思。有了错误，为什么害怕改呢？实际上是心理问题，原来认为正确的，经过时间和实践的检验，有不合适的地方，需要反省或者补过，这就要承认原来的想法或做法是不恰当的，是错误的。这是一个艰难的过程，需要勇气和智慧。有个词是"死不悔改"，可见改之难，改之艰；还有一个词是"改过自新"，可见只有改才能好，改才能新。

有过不能怕改，改过才能气象万新。做到"过，则勿惮改"，欣赏美妙清新的草绿花红，领略生活里的细雨彩虹；在通往理想的道路上，迈开坚实的脚步，欣赏一望无际的天空。

2020年7月1日　庚子年五月十一

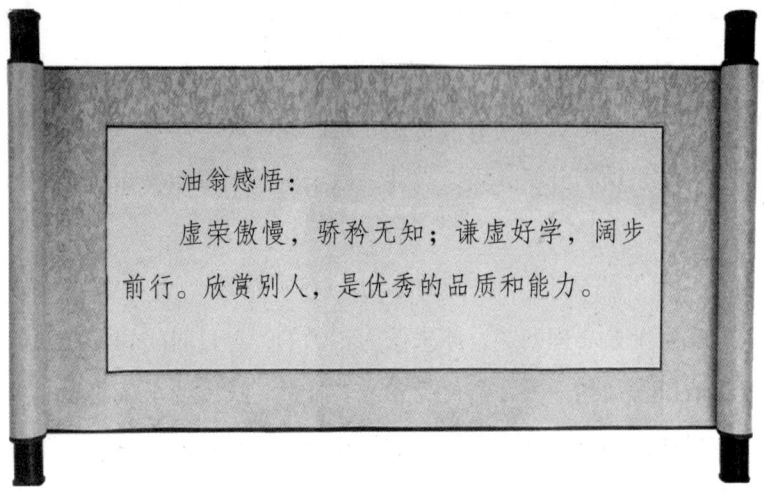

油翁感悟:

虚荣傲慢,骄矜无知;谦虚好学,阔步前行。欣赏别人,是优秀的品质和能力。

那祥云里的爱

《学而篇第一》杂谈（十）

◎ 卖油翁

曾子曰："慎终追远，民德归厚矣。"

慎重地对待逝去的父母，追念远代祖先，民风就会淳厚朴实。

这里的"终"，指老人逝去，该怎么对待他们的身后事。要"慎"，即慎重地以礼葬之，以礼祭之。

"终"，经过了春种、夏耘、秋收，然后冬而有果，能够藏而过冬即为"终"。通过辛苦劳动收获了劳动果实，在寒冷的冬天衣食无缺，温暖如春。父母付出一生，培育儿女，是巨大的成就，有果而终，安然走完一生，驾鹤西归，进而享受儿女们的哀思和追忆。

去年夏天，参加了一位同学父亲的葬礼。葬礼在农村举行，深深的骨肉离别之情让人悲戚伤痛，特别是灵柩前面的牌位，上书四个字："慎终追远"，更是表达了儿女无尽的思念。饮水思源，老人已落叶归根，乘鹤驾祥云，但依然活在子孙们的心间。斯人远去，英容长存。

在古代，祭葬之礼是文化传承的主要方式，可以使家族团结，增强凝聚力。

孔子对樊迟说过孝道的三个内容：生，事之以礼；死，葬之以礼，祭之以礼。

葬之以礼，就是父母归天后要按照当地的风俗习惯进行安葬。祭之以礼，按照当地的传统习惯进行祭祀。

为了儿女，父母奉献一生。当他们离开这个世界的时候，最放心不下的就是儿女。此情最真，世间一切情、一切爱莫过于父母对儿女之爱。儿女的生活状态，或是好，或是欠佳，都是父母心底的牵挂。在闭上双眼升入云天之时，埋在父母心里的一定是儿女，一定是一份无尽的留恋和担心。

葬之以礼，祭之以礼，就是慎终。只有慎终，才能追远，回想父母和祖先的恩惠，过好当下的生活，展望未来。在这种"礼"的熏陶下，人们懂得了辈分亲情，懂得了团结互助，知道了自己从哪里来，最后到哪里去；懂得了尊重，知道了悲悯。家家如此，日月轮回，寒来暑往，每个人都是大家族里的一分子。老吾老以及人之老，幼吾幼以及人之幼，人们以德为荣，崇尚善良和美好，笃厚朴实，社会就会充满浓浓的爱意和温存。

古代的葬礼和祭礼,其实也是文化和思想传播的场所。古代的媒介渠道少,人们的很多文化知识是从这里来的。它承担了传播传统文化的重任,既是家族团结的纽带,也是民族团结的黏合剂。葬祭之礼是当地文化思想的集大成者,所以曾子才有"慎终追远,民德归厚矣"的感叹。

《论语·颜渊篇第十二》中有这样一段话:"君子之德风。小人之德草。草上之风,必偃。"意思是说:君子的道德好比风,普通人的言行像草,风向哪边吹,草就顺着风的方向倒。

道德风尚的走向需要引导,需要推崇。以道德立人、立事,上行下效,榜样的力量是无穷的。在千百年的农业社会里,社会流动缓慢,人们聚族而居,聚村而居,除血缘纽带关系外,道德礼仪起到了不可磨灭的维系作用。在这一过程中,"慎终追远"的葬祭之礼也承担了继承和传播良好道德之风的重任。仪式有时显得烦琐,但也随着时代的改变而不断适应着。在仪式中反复倡导君子之风、尚德之礼,就像和煦的春风一样,在人们的脑海里徐徐拂过,久久难忘,浸润和引导着人们的心灵。

对于这句话也有这样的理解:要想有好的结果,一定要有好的开始。良好的开端是成功的一半。每个人都是生命长河里的过客,归去来兮,生命的两部曲,来的时间仓促而短暂,归去的时间悠久天长。谁都想让自己的回忆充满甜蜜和美丽,但不如意事十之八九,经常在眼前的却有许多无奈和忧伤。只有夯实基础,做好准备工作,才有可能获得更大的成功,得到那略尽安慰的一二,点缀日落月升的生活之路,让我们的回忆多一些花香鸟语、五彩缤纷。

有始有终,有远有近;白昼有来去,日落月又明;冬去春光好,四季更替新。花开终有落花时,人生百年终有归。抚今追昔,继往开来,借鉴历史,做好现在。让我们在和谐朴实的文明之风里建设美好的生活,向往充满理想的未来。

2020年7月6日　庚子年五月十六

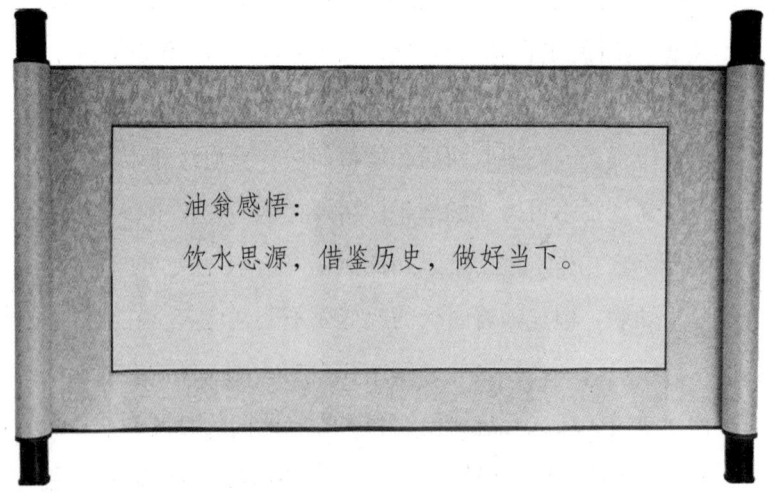

油翁感悟:
饮水思源,借鉴历史,做好当下。

千古风采

《学而篇第一》杂谈（十一）

◎ 卖油翁

当你的学识、人品、道德熠熠闪光之时，幸运之花就会向你招手，幸福之门就会打开。在寒来暑往中，你会看到更多景色，欣赏更多笑盈盈的脸。孔子曾经说："吾尝终日不食，终夜不寝，以思，无益，不如学也。"只有不断学习，才能发现自己言行的高低长短；只有不断学习，才能在个人的修身养性上，向君子的标准靠拢。

孔子所到之处，各国都热情接待。国君这样做，一方面是传播礼贤下士的名声，增长国君的威望；另一方面也是想从孔子那里得到对自己和国家有益的良策和智慧，所以会将部分国情如实相告，请教治国方案。至于对孔子学说的落实以及对他本人的重用，就另当别论了。孔门三千弟子，贤者七十二。春秋时期人口少，这么多受过良好教育的高智商人士，广布于诸侯各国，其中政要权势人物很多，再加上仰慕者，孔子的威望和号召力不同凡响，他还可以从朋友和弟子处得到所在国的政风民情。

弟子中有人理解不了，子禽就是一位。

> 子禽问于子贡曰："夫子至于是邦也，必闻其政，求之与？抑与之与？"子贡曰："夫子温、良、恭、俭、让以得之。夫子之求之也，其诸异乎人之求之与？"

有一天，子禽问子贡："老师每到一个地方，一定要了解当地的政事，这是自己求来的，还是别人自愿提供的？"子贡说："夫子温、良、恭、俭、让，以这样高尚的品德获得的。这种得来的方式，大概与一般人得到的方法不同吧。"

两位学生可能关系不错，在一起说点儿玩笑话。子禽心中早就有一个疑问，忍不住说了出来，想从子贡那里得到答案。咱们的老师无官无职，但每到一处，国君都亲自接待，述说国内的政事民情，并向夫子请教讨论，是不是老师一定要听，人家勉强说的？子贡不愧为孔子的得意弟子，非常形象且全面地做了回答，用五个字为自己的老师画了一幅素描画。我们的老师是智慧和品德的化身，汇集了温、良、恭、俭、让的优秀素养，他们（包括各国国君、大夫、贵族）是主动向老师请教的，想从老师那里得到启示和治国之策。这种得到的方式和普通人是不一样的。由此可见孔子在学生心目中的地位，崇高的道德修养时刻感染和熏陶着弟子们。

谦谦君子要温、良、恭、俭、让,这是孔子的修身养性之道,圣贤之风采。

"温",不冷不热,暖和,性情平和、温和的。

水满则溢,月满则亏。中庸之道是儒家的理想追求,说话、做事都讲究一个度,这个度没有具体标准,只能靠自觉。对事物认识的角度不同,个人修养不同,都对语言的表述、行为的实施起着至关重要的作用,体现在对语言、行为的"度"的把握。君子谨言慎行,文质彬彬,就是"温"。

"良",表示善和美,善良的,美好的,道德的。

追求美好是人之共性。尽管对美好的概念不同,目的不同,但所有人都会在自己的思想框架下,尽力实现内心的"良",在道德范畴里向良的方向前进。

"恭",恭敬的,谦逊有礼的。

"投我以木桃,报之以琼瑶。"尊重别人,就是尊重自己。以礼待人,别人也会对你友好尊敬。

"俭",与奢相对,不浪费的,简约的,不烦琐的,表示约束,不放纵的。

成由勤俭败由奢,节约光荣,浪费可耻。古人很早就懂得勤俭持家、戒骄戒奢的道理。坚持俭的理念,就要过俭朴的生活,节制欲望,踏踏实实,兢兢业业,严于律己,让自己的生活永远有一个温馨的港湾。

晚清名臣曾国藩就坚持"俭"的行事理念。他认为,奢侈会败家，勤俭传家宝。有一次，下人为他用八两银子打造了一把银壶，曾国藩感到不安，在日记中忏悔道："今小民皆食草根，官员亦多穷困，而吾居高位，骄奢至此，且盗廉俭之名，惭愧何地！以后当与此等处痛下针砭。"在对子女的教育中，他也十分重视"俭"的作用和传承。他在给曾纪泽的信中指出："仕宦之家，'由俭入奢易，由奢入俭难'，因为仕宦之家，最易奢侈。近世之家，一入宦途即习于骄奢，吾深以为戒。"切切之语，出于肺腑，语重心长。在曾国藩的谆谆教诲之下，曾家一门人才辈出。长子曾纪泽是有名的外交官，次子曾纪鸿是近代著名的数学家。

春秋时期，儒道不分家，人们对"俭"的理解应该是大同小异的。道家始祖老子就把"俭"作为其三宝之一。据《道德经》第六十七章记载："我恒有三宝，持而保之：一曰慈，二曰俭，三曰不敢为天下先。夫慈故能勇，俭故能广，不敢为天下先，故能成器长。今舍其慈且勇，舍其俭且广，舍其后且先，则死矣。夫慈，以战则胜，以守则固。天将建之，如以慈恒之。"

"吾恒有三宝，持而保之：一曰慈，二曰俭，三曰不敢为天下先。"这句话的意思是："我有三件法宝，保持并且珍视它们：一是慈爱，二是俭朴，三是不敢争先走在天下人的前面。"

南怀瑾先生是这样谈论"俭"的："依我看来，每一个人都是非常节俭的，三个人出去吃饭付钞票时要掏半天，这可不是老子的俭。老子说的俭，是指精神的消耗；言语、行为、时间都要节省，都要简化，话不要啰唆，要简单明了。所以一个善于处事的人非常简单明了,也就是老子的'无为'之道,因为太简化了,看不出他有所作为。当然有些人简化到使人搞不清楚,问他对不对?好不好?他也不说一个字。我说:你讲话啊!只要他点一个头代表'对'或'不对'就行了。这像是简化到无为,连开口都懒得开了。也有些人是这种个性,又过于俭了,也不对。但是,比不俭还是好些。"

俭故能广,坚持俭的原则,就能发挥更大的作用,进入更广阔的天地。

"让",谦让,退让,友好的,理性的。

功名利禄上先人后己,职责义务上先己后人。"让"这一君子之风,在人格的塑造过程中起着非常重要的作用,在人与人之间,也是能否和谐相处的一个重要条件。

20世纪90年代,我参加过一位同学的婚礼。当时人们不富裕,一场婚礼已经让部分家庭一贫如洗,其实本来就一贫如洗。婚宴的每张桌子上都放了些散装烟,一桌六个人,每个人两支不到,有一个人就和总管先生开玩笑说:"再给几支烟了哇。"总管笑着说:"让着点了哇,叨叨抢抢不够吃,紧紧让让吃不了。"说完,大家都笑了。在为人处事上,"让"符合实际需要。孔子具有这一优秀品格,所以每到一处都能受到礼遇。孔子认为,争强好胜,怨恨别人,好高骛远,贪心不足,都不符合"让"的原则。"让"是非常可贵的社会风尚,能让人谦让名利,学人之所长,鉴己之所短,在个人修为上进步提高,使人们团结和睦,积极向善。不让而抢,人们就会嫉贤妒能,人心不安，矛盾丛生。

因为具备温、良、恭、俭、让的优秀品质，各国国君或有家国情怀的贵族大夫都把政事国情说与孔子听，并请教治国良方。孔子极高的人格修为在各国间传颂，各国君主乐于和孔子讨论治国之道，希望得到智慧的启示。

做人的修为，做事的修为，都不外乎这五个字：温，良，恭，俭，让。

每一位社会文化思想的集大成者，都有强烈的责任感和使命感，有"天将降大任于是人也"的家国情怀。孔子以改变春秋以来的社会现状和恢复周礼秩序为己任，力争建立"三代"理想之国，一心要建立一个人人君子、社会繁荣昌盛、人民生活富足的太平世界。

孔子的主张是美好的。他描绘了一幅和谐社会的景象，人们相互尊重，秩序井然，其乐融融，没有战争，没有争夺，到处是谦谦之风。但理想和现实终有距离，光明的前景往往只能憧憬，实践起来就是另外一回事了。谁都希望理想能变成现实，但往往事与愿违，成功者寥寥。孔子在奔波途中，冷暖自知。在当时，他的学说无法实行。可以说，在实现自己经世济国的主张上，孔子是一个失败者；但在思想文化方面，孔子是开拓者和践行者。

2020年7月11日　庚子年五月廿一

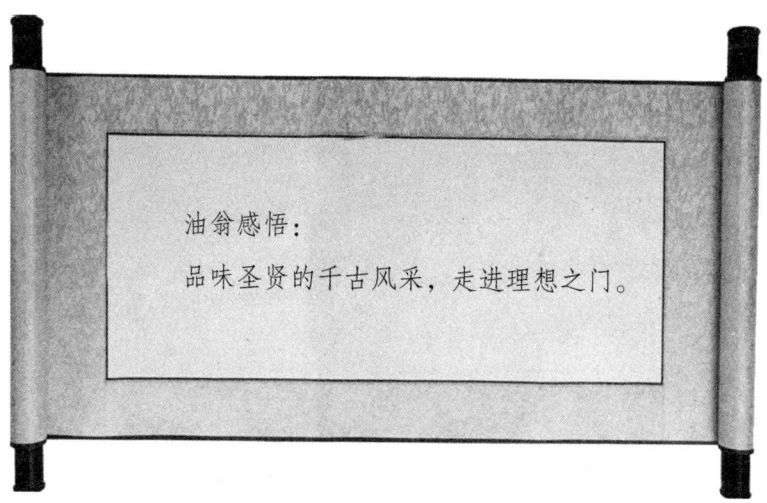

油翁感悟：

品味圣贤的千古风采，走进理想之门。

拥抱阳光

◎ 卖油翁

《学而篇第一》杂谈（十二）

在《诗经·小雅·蓼莪》里，有这样一段对父母之恩的描述：

> 父兮生我，母兮鞠我。
> 拊我畜我，长我育我，
> 顾我复我，出入腹我。
> 欲报之德，昊天罔极！

用现在的话说就是：
爹爹呀你生下我，妈妈呀你喂养我。
你们护我疼爱我，养我长大培育我，
想我不愿离开我，出入家门怀抱我。

想报爹妈大恩德,老天降祸难预测!

朴实的语言,急促的语调,字字血,点点泪。树欲静而风不止,子欲养而亲不待,感人至深,传唱千载。父母恩情大于天,怎么报答呢?"谁言寸草心,报得三春晖。"我们就像小草一样,努力向上,用微薄的力量向着太阳,拥抱春天温暖的阳光。

> 子曰:"父母在,不远游,游必有方。"(《论语·里仁篇第四》)

在没有战争和自然灾害的情况下,农耕民族世代居于一个地方,故土难离,安土重迁,离家远游是对个人和家庭的巨大挑战。如果家里的男儿远赴他乡,那么这个家庭承担的风险是巨大的。父母需要赡养,家人需要衣食来源。儿子离家时,父母一定彻夜难眠,想着儿子的点点滴滴,生活中的零零碎碎,睡梦中也是儿子在他乡途中的身影。但儿子必须走,"只说是三四月,又谁知五六年"。古代战乱和灾害频发,也许就杳无音信了。在这种情况下,一定要让父母安下心来,安慰他们的牵挂之情,让父母知道自己干什么去了,去了哪里,让沉重的思念能落在一个放心的地方。当父母想念自己的儿子时,总会安慰自己,儿子在一个安全的地方,做放心的事情。

父母年龄大了,高寿之余,我们的心情同样有喜有忧。

子曰:"父母之年,不可不知也。一则以喜,一则以惧。"《论语·里仁篇第四》

看着父母时高高兴兴,但想着人不能青春永驻,总有归去的一天。这个时候要更加孝顺父母,让他们尽可能地享受美丽的夕阳。人说最美不过夕阳红,让老人晚年幸福快乐,是晚辈的义务和责任,是做人的基本要求,也是传给后人的一笔宝贵的精神财富。

父母今年多大年龄了?让老人现在喜欢干什么?这些都是我们应该了解的。有人说,父母的年纪还不知道吗?说对了,现在不知道的大有人在。

容易得到,就不会珍惜。世界上有一种东西与生俱来,生而可得到,那就是父母的爱,而且与日俱增,历久弥新。在父母高龄的时候,这种爱更加深刻地印在父母的心底,溢于言表。他们期盼和儿女团聚,享受天伦之乐,尽享人世间最美好的光阴。作为儿女要尽可能地与父母共话时光,让他们幸福安康。

当父母不在的时候,所有的遗憾都不可能再补回来。纵有回天之力,父母也听不见你一句话,看不到你可爱的脸,吃不上你一口饭。当你尽力做到孝道之后,父母也会走得安详,走得释然。

子曰:"父在,观其志;父没,观其行;三年无改于父之道,可谓孝矣。"

这句话明白如是，但颇具争议。

"志"，志向，意志，包括思想和态度。

宋朝儒学家认为，父亲在的时候，做儿子的言行和父亲保持一致；父亲过世后，三年不改变父亲的方针路线，才是真正的孝。

南怀瑾对这句话的解释是，父亲在和不在都要一贯地尊重父亲，经过了三年，这么久的时间，和父亲的感情没有淡薄，言行一致，就是孝。

鲁迅先生说："只要思想未遭锢蔽的人，谁也喜欢子女比自己更强，更健康，更聪明高尚，——更幸福；就是超越了自己，超越了过去。超越便须改变，所以子孙对于祖先的事，应该改变。"望子成龙，望女成凤，人之常情。

春秋时期，学习途径有限，学习渠道单一。父辈的生活经验、人生常识都是宝贵的财富。向父辈学习，在孔子没有兴办私学之前，几乎是平民学习的重要途径。

父亲生前，一定曾想方设法提高儿女的生活技能，提升儿女的思想修养，从精神、物质等方面为他们的未来描绘蓝图，希望他们衣食无忧，生活幸福，健康平安，有大好的发展前途。父亲的所作所为是儿女未来美好生活的基础。所以，父亲在，观其行。如果儿女的行为和父亲的希望保持一致，那么他们应该会有不错的前途，最起码不会有大的闪失。即使不会有多么大的成就，也是一个能够自食其力的对社会有用的人。

父亲走了，带着还想再为儿女出一把力，但未能如愿的心情永远地离开了。日落月升,寒来暑往,一切随一缕祥云飘然而去,只有那谆谆教诲和慈祥的音容笑貌留在儿女心间。

当时,社会发展缓慢,人们的活动范围小,按照父亲的意愿,让自己的生活顺风顺水是很多人的选择。经验是财富,生活技能是传家宝。父亲的人生,很大一部分也是儿女的人生。变是长久的,不变是相对的。"三年无改于父之道"强调的是不变,三年以后不管了,世事沧桑,谁能未卜先知?那就变吧!实际上,这里也是孔子对"度"的再次提醒。也就是说,孝是有"度"的,能"竭其力"就行。古人的"丁忧"三年,也是对这一理论的践行。父母归去三周年以后,不在离去的日子祭奠,而只在传统的祭奠日祭奠,是一样的。

现代社会应该这样吗?我的回答是:应该。当然,不能机械地理解为一定是三年,但至少是一段时期内,遵循父亲的遗愿,踏足前行,"无咎"也!社会变化再快,也得一天一天地过,年复一年,人类的基本生态环境不会变的。一些镌刻着父亲生活沧桑的至理名言和生活方式,会伴随你的一生。

理解父亲的苦心,继承父亲的遗志,向着美好的未来一路前行。

有人说,难道父亲是小偷,也要继承吗?也非要当小偷吗?这是曲解孔子的意思。读书要有第三只眼,即一只智慧的眼睛,不能钻牛角尖,不能偏离文中本义,在这里,更不能辜负孔子的一片苦心。

没有父亲希望自己的儿女步入歧途,即使是小偷也会希望自己的儿女踏入正道，不再过被人指指点点的生活。不能说老鼠的儿子会打洞，小偷的儿子就一定是小偷。站在人类的角度，老鼠是卑劣的，但站在老鼠的角度，打洞是它们最基本的求生本领，也是继承父志的，但那是本性使然。人生而为人，本性是食色性也，做小偷不是本性，是后天的环境和教育造成的。人之初，性本善，父亲一定希望自己的儿女能成为好人、善人。虽然人与人的标准不一样，但大致都不会违背社会的道德标准。不管是奸猾的人，还是诚实的人，都希望和他打交道的人是一个诚实的人。

父亲走了，在一定时期内，按照父亲的思想行事，不会走错方向，而是向着有利于生活和事业的方向发展。若父亲地下有知，看到儿子沿着自己既定的方向前行时，一定会露出舒展的笑容。

历史在发展，社会在前进，人们的思想观念、言行举止总不能停留在过去的水平上，"青出于蓝而胜于蓝"，后代会超过前代。但是，每一种思想的出现都有其时代背景，都与当时的社会状况和生产力发展的程度密切相关。抛开历史，抛开时代来谈论，会有失偏颇。

珍惜和父母一起的时光，记住父母的谆谆教诲。父母在，人生尚有来处；父母去，人生只有归途。

2020年7月18日　庚子年五月廿八

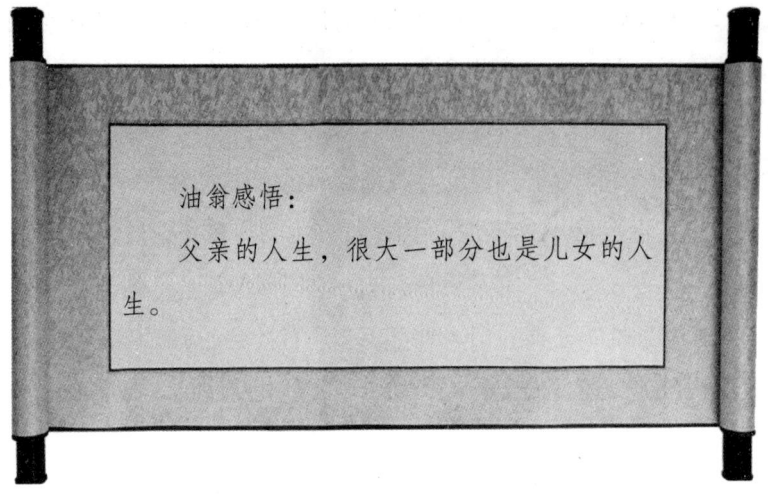

油翁感悟：

父亲的人生，很大一部分也是儿女的人生。

鹦鹉能言不知羞

《学而篇第一》杂谈（十三）

◎卖油翁

鹦鹉能言，不离飞鸟；猩猩能言，不离禽兽。这是《礼记》里的一句话，言简意赅，发人深省。鹦鹉学舌，仍然是一只飞鸟；模仿能力强，甚至能使用工具的猩猩，还是不离禽兽的本性。人之所以为人，是因为知礼、懂礼，有礼的规范和约束，懂得礼的应用和效果。

那么，为什么要知礼、懂礼、维护礼、遵循礼呢？《礼记》也作了回答："夫礼者，所以定亲疏，决嫌疑，别同异，明是非也。"这段话明确了礼的功用是决定亲疏关系，决断疑问，分辨事物，明确道理。礼不仅仅是礼貌、礼节，这只是表象，更深层次的是礼的文化内涵，包括了个人的修养，维护关系的习惯、规则，也包括现代意义上的法律。也就是说，此礼只在人间有，禽兽能言不知羞；知礼懂礼和为贵，醇香甘洌似美酒。

有子曰:"礼之用,和为贵。先王之道,斯为美,小大由之。有所不行,知和而和,不以礼节之,亦不可行也。"

礼的应用,以和为贵。过去圣明君王的治政之道,美好的地方就在这里,无论大事小事都这样来实行。如有行不通的地方,便为和而和,不用礼来节制,也是不可行的。

这是《论语》里重要的一篇。

《论语》里的"礼",大部分是表达个人之间的关系,以及这些关系的体现方式。

礼的范畴太大了,包括了哲学和社会关系。古代的礼法虽已消亡,但现代社会还保留着礼的精神,保留着现代意义上的礼法道德。这主要有三个方面的内容:一是国家和社会的法律和规章制度,二是人与人之间的行为礼法,三是礼仪和礼貌表现。礼就像空气一样存在于我们身边,没有礼的规范和约束,社会就会杂乱无章,不得安宁,没有进步和发展。

"和",《中庸》里说:"喜怒哀乐之未发,谓之中;发而皆中节,谓之和。中也者,天下之大本也;和也者,天下之达道也。致中和,天地位焉,万物育焉。"这充分说明,"和"是节度,是控制能力,是内在涵养和学识的外在表现,是万物共生共荣的基础。

"礼之用,和为贵。"礼的作用,以和为贵。个人离不开礼,社会离不开礼。那么如何践行礼才能让礼更好地服务于我们的生活、生产和学习呢？没有具体的标准，但有一条总的原则，那就是"和"。尺度自己把握，但一定是宽容的、善良的、发展的，在互相认可和信任的基础上。如果存在利益关系，那一定是双赢的。在这些关系中，坚持"和"的原则是最为宝贵的。

先王之道，斯为美，小大由之。先王，并不确指哪位先王，哪代先王，可理解为上古文化、传统文化。这里指出，中国传统文化的精髓是"和"，就是"和为贵"。它存在于社会关系中，是传统文化中美好的地方。从这里可以看出，我们的祖先从来没有想霸凌哪里，破坏哪里，只想和睦相处，共同创造美好的生活。即使出现分歧和矛盾，也倡导在礼的范畴内温和解决。

"有所不行，知和而和，不以礼节之，亦不可行也。"任何事情都有一个合适取舍的问题，在一定的范围内，一定的尺度是合理的，但是过犹不及的事情还是经常发生。虽然和为贵，但也有行不通的地方。为了形式上的和而刻意去追求和，就会走向另一个极端。比如，讲礼貌是美德，但过分了，太多了，就成了负担，会有轻浮、谄媚之嫌，而且不合时宜。

礼仪的基本精神是调节事物，中和事物，不要矫枉过正，也不要过分简洁。比如，现在许多人把见面简化成扬一下眉毛，或者点一下头。当然也许很忙，远远地表示一下也未尝不可，但颐指气使地扬扬眉毛、点点头，也是简得极致了。任何事情都有分寸，礼也一样，过分或者不足都起不到应有的作用。相反，可能会朝着人们不愿意看到的方向发展。因为说和做都有一定的对象。比如，有的人罪大恶极，对这种人讲"和"岂不是纵容混乱,对善良和爱好和平的人犯罪吗?"和"的本质关系是协调,是宽容和理性。不和谐的环境,不是适合人类生存的土壤。和为贵,是纠正社会歧义的良药,在维护社会发展、促进社会繁荣方面起着巨大的作用。

最后,让我们记住《礼记》里的一段话吧:礼尚往来,往而不来,非礼也;来而不往,亦非礼也。人有礼则安,无礼则危。故曰:礼者,不可不学也。夫礼者,自卑而尊人。虽负贩者,必有尊也,而况富贵乎!富贵而知好礼,则不骄不淫,贫贱而知好礼,则志不慑。

2020年8月5日　庚子年六月十六

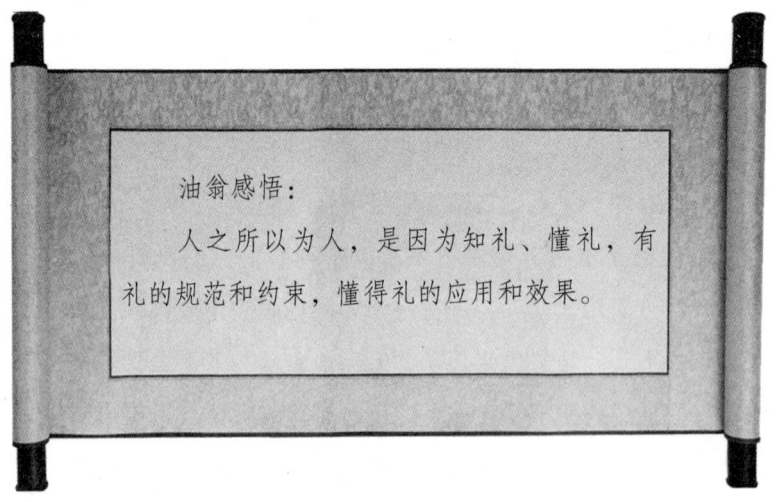

油翁感悟:

人之所以为人,是因为知礼、懂礼,有礼的规范和约束,懂得礼的应用和效果。

一只小猪

《学而篇第一》杂谈(十四)

◎卖油翁

忠信是优良品德,人无信不立。那么,该怎样去身体力行呢?季布一诺,价值千金,人所称颂;荆轲一诺,刺秦王未遂身死,褒贬不一。可见对一诺千金既有认识上的不同,也有道义之分。如果被迫或被人诱导做出了违背常理或道义的承诺,那么,兑现就要有原则了。其实关于信的履行,在两千多年前,先贤们就给出了答案。

阳货欲见孔子,孔子不见,归孔子豚。孔子时其亡也,而往拜之,遇诸途。谓孔子曰:"来,予与尔言。"曰:"怀其宝而迷其邦,可谓仁乎?"曰:"不可。"好从事而亟失时,可谓知乎?"曰:"不可。""日月逝矣,岁不我与。"孔子曰:"诺,吾

将仕矣。"(《论语·阳货篇第十七》)

阳货想见孔子,孔子不见,他便送给孔子一只小猪。孔子打听到他不在家时,前去拜谢,却在半路上碰到了。阳货对孔子说:"来,我有话要说。"阳货说:"自己身怀本领却任凭国家混乱,能叫作仁吗?"孔子说:"不可以。"阳货说:"想做大事却总是不去把握机遇,能叫作明智吗?"孔子说:"不可以。"阳货说:"时光一天天过去,岁月是不等人的。"孔子说:"好吧,我准备去做官了。"

阳货其人,名副其实的乱臣贼子。春秋时期,鲁国由孟孙氏、叔孙氏、季孙氏三家把持。阳货是季平子的家臣,季平子死后,他囚禁季桓子,掌握了鲁国的国政。大夫乱国已是祸端,阳货作为大夫的家臣,作乱祸国,逆天违礼,实为逆臣。在孔子眼里,他不折不扣的"乱臣贼子"。孔子不愿与他交往,更不可能去他手下做官。阳货送给孔子一只小猪作为礼物,是他的计策。孔子没有办法,按照礼制得回访拜谢。孔子提前打听到阳货不在家,这样既能回谢阳货馈猪之礼,又能避免见到阳货。但狡猾的阳货早就料到孔子的计划,就在半路上遇到了孔子,于是就有了这段阳货数落孔子的话。从这段话可以看出,阳货是一个道貌岸然的人。但孔子的智慧岂是常人能比,即使当时没有办法答应了,但他经世济世的宏大抱负和仁义礼智的做人原则不会改变。"信近于义,言可复也",此信不符合义,故可以不兑现。孔子怎么可能和此等人同流合污呢?

孔子待人处世的办法也是值得我们学习的。有许多清高和倔强的人，遇事不懂得变通，锋芒毕露，既伤害了别人，也伤害了自己。这是不对的，应该学习孔子对待阳货的态度，这是一种高超的处世智慧和方法。

有子曰："信近于义，言可复也。恭近于礼，远耻辱也；因不失其亲，亦可宗也。"

信只有合乎义，才能信得其所；义近乎仁，才能重诺轻身，熠熠生辉。

"恭近于礼"。"恭"是内心对事情的庄重和认真，表面上的礼节。礼貌固然重要，但更主要的是内心的恭敬。不同的人对"恭"的理解不同，但一定是诚实的、尊重的、发自内心的。过分的、虚浮的、客套的恭敬，会让人无所适从。反过来，傲慢无礼让人望而生畏，甚至生厌。礼节不周会让人感到被轻视、慢待，继而与你疏远，甚至产生怨恨。把握"恭"的尺度，一定在礼制的范围内，这样才是尊重别人，也会获得别人的尊重，不会因为礼仪礼貌问题而产生不愉快的事。

"因不失其亲，亦可宗也。"每个人都做不到绝对无私，也不可能绝对自私。任何人的认识都是由近及远，由身边的亲疏关系开始，进而相信并依靠他人。"宗"是可靠的意思。也就是说，与人交往，什么人可信呢？可亲之人。这是值得去效法、遵从的。这个"宗"有效法、遵从的意思。与人交往，先观察他是什么样的人，是不是可亲可敬，能不能与之共事，这是进行下一步交往的基础。

诚实守信是根本，建立在"义"之上的信是人间至信。恭敬礼貌是美德，合乎礼制才能受人尊敬。自然真诚，发自内心，不刻意为和而和，为礼而礼，才符合至善之美，使我们的生活充满生机。

2020年8月12日　庚子年六月廿三

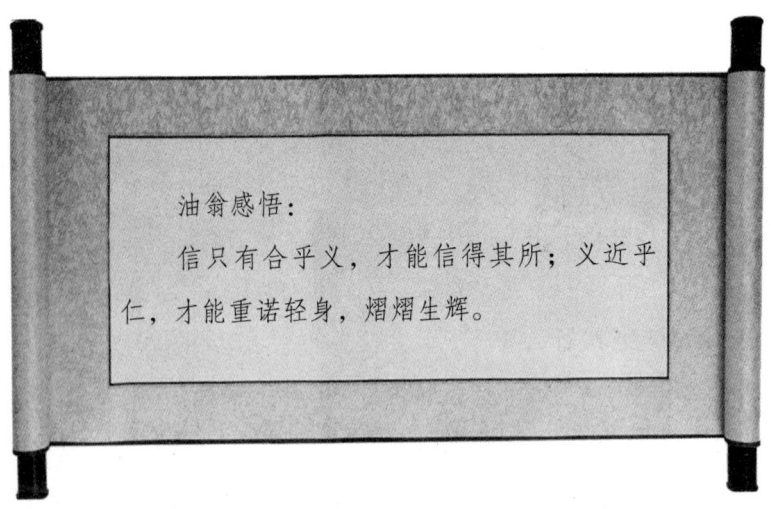

油翁感悟：

信只有合乎义，才能信得其所；义近乎仁，才能重诺轻身，熠熠生辉。

落花纷纷

《学而篇第一》杂谈(十五)

◎卖油翁

子曰:"君子食无求饱,居无求安,敏于事而慎于言,就有道而正焉,可谓好学也已。"

孔子说:"君子饮食不求饱足,住的地方不要求舒适,做事情勤奋敏捷,言辞谨慎,到有道的人那里去匡正自己,这样可以说是好学了。"

"食无求饱",指生活不要太奢侈,不过分追求物质的享受,而重视精神的升华。"居无求安",住的地方,舒适就好,安贫乐道,不过分追求安逸。

足食安居也是君子的追求,只要不过分、不过度就好。在自己的经济基础之上,过自己负担得起的、适合自己的生活。不刻意为俭而俭,也不浪费奢侈,而是珍惜自然的恩赐,珍惜劳动成果。要知道我们消费的东西,用的、吃的都不是平白无故得来的,而是劳动人民用汗水浇灌出来的。"一粥一饭,当思来处不易;半丝半缕,恒念物力维艰。"节约光荣,浪费可耻。我们处在和平年代,国泰民安,但不能忘记居安思危的古训。如果遇到艰难困苦的情况,更不能有一丝奢侈的要求,要把节约、艰苦奋斗的精神永远传递下去。

和平年代,追求好的居住条件无可厚非,但是大厦千间,夜眠八尺,过分的豪华和超大面积是没有意义的。特别是一些喜好攀比的人,我住一百平方米,他就要两百平方米;你有两套房,我就要有三套房。这些都偏离了"居"的初衷。中国人讲究安居乐业,安全、舒适的居住环境就非常好了。

"敏于事",做事情要勤敏。勤奋和敏捷的精神是事业成功的前提,懒惰是做不成事的,拖拖拉拉更是事业之大忌。

"慎于言",君子讲话要谨慎。"话说多,不如少。惟其是,勿佞巧。"讲话,不讲废话,不说闲话,非要讲的时候才讲。一个人老讲话,心神就会不安定,不安定就没有智慧之见,做事也就不能够做得周全,往往会有纰漏。所以想要敏于事,慎于言是很重要的。

言语表达的重要性不言而喻,能力的高低关乎生活中的点点滴滴。"慎言",当是社交过程中不得不遵守的原则。

"有道"在哪里?在生活中,在圣贤的文章里,在中华文化的经典里。接近他们,学习他们,那些穿越千年的光辉思想会培养正确的人生观,让你走上正确的道路,步入正确的人生轨道，活出有价值的精彩人生。一个有道德的人，在生活的物质需求上一定是适可而止的，在工作上也一定是勤勉谨慎的，并且经常反省，改进不足之处，向有道之人学习。抑制私欲，在道德品质方面砥砺自己，是每一个想成为君子之人的必经之路，是我们成长和成熟的阶梯。

好学是优良的品质。唯有好学才能丰富知识，增长才干，才能就"有道"修养提高自己的品德。关于好学，孔子做过很多精辟的论述。

> 子曰："十室之邑，必有忠信如丘者焉，不如丘之好学也。"（《论语·公冶长篇第五》）

一个地方有十户人家，一定有像我这样坚守忠信的人，只是不如我这样好学。也就是说，孔子之所以有那样大的学问，除了本人聪慧之外，好学是前提。

> 子曰："吾尝终日不食，终夜不寐，以思，无益，不如学也。"（《论语·卫灵公篇第十五》）

我曾经整天不吃，整夜不睡，全部用来思考，没有长进，不如去学习。

追求真理，既要有勤奋的精神，又要有得当的方法，这才是热爱学习。

人之所以为人，在于有精神生活，有对理想的追求，只有这样才能不沉浸在饱暖安逸中，不沉溺于物质的欲望。要锻炼自己的克制能力，提升对真善美的向往和追求。不醉心于私欲得失，敏于事而慎于言，通过接近有道之人来匡正自己。鹦鹉能言，不离飞鸟；猩猩能言，不离禽兽。只有生物的或物质的生存，那是动物本能，而人是更高级别的智慧生物，有思想和思考能力，追求的不仅仅是动物本身的生命，还有人性。人们不但要丰衣足食，能够生存，还要修身立德。能够坚持这些原则的人，一定是喜好学习、追求进步的人。这种人一定会拥有充实且饱满的人生。

2020年8月21日　庚子年七月初三

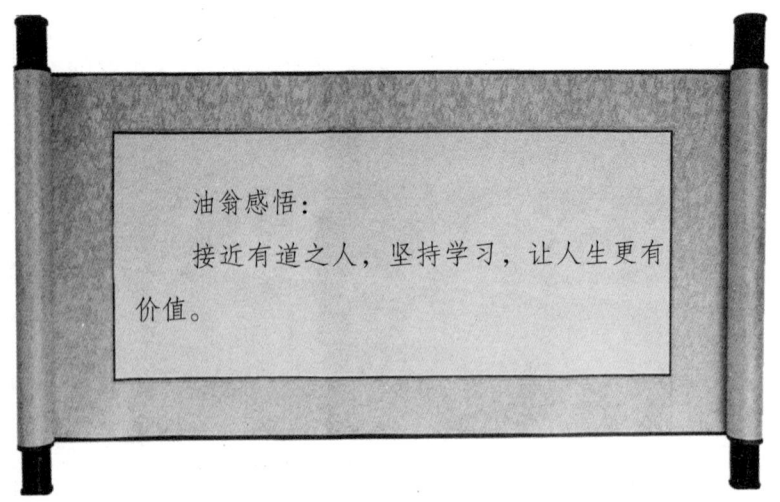

油翁感悟：
接近有道之人，坚持学习，让人生更有价值。

阳光下的宁静——《学而篇第一》杂谈（十六）

◎卖油翁

子贡在孔门弟子中非常突出，既是外交家，又是政治家，司马迁在《史记》的《货殖列传》中特别提到这个人，很了不起。可以这样说，孔子的学说能够得以流传，子贡起了很大的作用。孔子周游列国，子贡提供了财力支持。毕竟人吃马喂，耗资巨大。这也充分说明，静坐空谈，一事无成，实干才能成就事业。

子贡曰："贫而无谄，富而无骄，何如？"子曰："可也。未若贫而乐，富而好礼者也。"子贡曰："《诗》云：'如切如磋，如琢如磨'，其斯之谓与？"子曰："赐也，始可与言《诗》已矣，告诸往而知来者。"

有一天，子贡向孔子汇报自己的学习心得。子贡说："贫穷而不对人阿谀奉承，富贵而不骄傲自大，怎么样？"孔子说："可以了，但还是不如虽贫穷却乐道、虽富裕却好礼之人。"子贡说："《诗经》上说：'如切如磋，如琢如磨'，就是说明这个道理吧？"孔子说："赐呀，现在可以同你讨论《诗经》了。告诉你以往的事，你能推断未来的事了。"

子贡学有所得，是孔门弟子中少有的善于经商、富至千金的弟子。"贫而无谄，富而无骄"在他心中应该是很高的境界了。现实生活中，有的人会阿谀谄媚以图利，有的人财大气粗、盛气凌人。子贡所说的境界已经很高了，可孔子说还不如贫而乐道、富裕却好礼之人。子贡领悟了，并且触类旁通，举一反三。孔子由衷地赞扬了他，并说可与之言《诗》，因为他能够"告诸往而知来者"。

积极向上、追求富裕是人之本性。合理得到的优裕的物质条件，也没有不去享受之理，但一定不能奢侈和浪费，不能骄，也不能傲。金玉其外，败絮其中，一副骄横之气是非常让人讨厌的，如果再为富不仁，就大错特错了。子贡悟出了其中的道理，说出了"贫而无谄，富而无骄"的心得。

物质上的困顿并不代表精神上的贫乏。对于富裕的物质条件，在合理的情况下，没有不去追求的道理，但是在追求过程中一定要循道而行，要有自己的原则，保持自己的人格。追求不义之财是不可取的。靠劳动和智慧吃饭，堂堂正正做人，兢兢业业做事。

但是，孔子有更深的理解，更高的追求。子曰："可也，未若贫而乐，富而好礼者也。"孔子说："不错！"表扬了自己的学生。子贡善于独立思考，能够提出自己的见解，这是难能可贵的品质。贫而乐，这种精神太难得了！一方面是生活的窘迫，另一方面是精神上的快乐，这是非常高的修养。生活不仅仅是柴米油盐，还有诗和远方。物质上的贫乏是相对的，精神上的快乐也是相对的，而快乐和它们总是相伴相生。颜回一箪食、一瓢饮而满足快乐；陶渊明寄情田园，归情山水，都是有道之人。人们也经常说，累并快乐着。

贫富是相对的，追求富没有错，但是富而骄是不可取的，无礼横行更是千夫所指。富了，感觉高人一等，不以礼待人，不用礼法来指导并检验自己的言行，就失去了做人的底线。物极必反，有时会带来麻烦。老子说："甚爱必大费，多藏必厚亡。"天欲其亡，必令其狂，也是这个道理。儒家对这种行为是深恶痛绝的，但这种心理存在于很多人身上。《红楼梦》里说得好，落了片白茫茫大地真干净。富贵荣华生不带来，死不带去，富而骄横无礼，得意忘形，的确是不光彩的人生。

说起得意忘形，有时失意也忘形。当一个人一帆风顺的时候，意气风发，处理事情井井有条，分析事情头头是道，但一遇挫折就萎靡不振、思维混乱，往日的风光情形荡然无存，这是非常不好的现象。保持平和的心态，享受平淡的生活，虽然做不到不以物喜，不以己悲，不可能超然世外，但得意时恬淡平和，失意时坦然面对，才是正确的生活态度。谁能不遇风雨？得之坦然,失之亦然才是为人之道。

"如切如磋,如琢如磨",出自《诗经·卫风·淇奥》,意思是:好比加工象牙,切了还得磋,使其更加光滑;好比加工玉石,琢了还要磨,使其更加细腻。

切,治动物的骨头用切。磋,治象牙用磋。琢,治玉用琢。磨,治石头用磨。这是指玉石的加工过程和加工手段。一方面,生活和学习是这样的,我们要经历社会的洗礼,没有人能逃避这种砥砺打磨,但精美的玉器不就是这样生产出来的吗?没有风雨,哪有彩虹?没有切磋之痛,哪来美玉?另一方面,我们学习、工作、生活必须刻苦钻研,要有切磋琢磨的精神才能去伪存真,磨削掉杂石,见到光华四射的美玉。学习如此,做人做事更是如此。学习的目的是运用,是陶冶心灵、精神和思想,将体会转化成自己的认识和学识。

告诸往而知来者。了解过去,充实现在,展望未来,这才是学习的目的。学死书、死读书是没有用的。这里孔子告诉我们为什么学习。这是千古不变的真理。

多么美丽的语言,多么深邃的思想!让我们进入儒家的精神世界,让我们的心灵像泉水一样清灵,让我们的生活像春水一样多情,在繁杂的世界里,保持内心那阳光下的宁静吧!

2020年9月5日　庚子年七月十八

阳光下的宁静

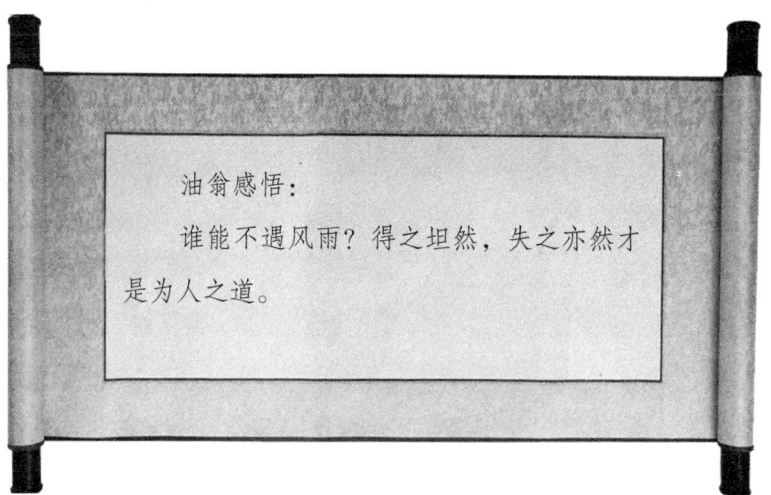

油翁感悟：

谁能不遇风雨？得之坦然，失之亦然才是为人之道。

风中小花

《学而篇第一》杂谈（十七）

◎卖油翁

每个人都想成就一番事业，让自己的生活一帆风顺，但往往事与愿违。不如意事，十之八九。常想一二，精辟深刻，细想，确实如是。

《学而篇第一》的开篇是：学而时习之，不亦说乎？有朋自远方来，不亦乐乎？人不知而不愠，不亦君子乎？把这段话放在整部《论语》的首位，可见其重要性。学习和做人紧密相连，做人就得学习，学习才能做好人，做善良的、有品德的人和有益于社会和国家的人，成为一个穷则独善其身、达则兼济天下的谦谦君子。

学习是一辈子的事，不管干什么，都不能停止学习。子夏不也是说过"仕而优则学，学而优则仕"吗？仕途如此，工作、生活莫不如此。只要生活在世就要不断地学习，活到老，学到老，只有学习才能进步，体会付出后得到回报的快乐，才能不亦说乎。短期学习也许没有立竿见影的效果，就是长期学习也不见得能有多大的成效，甚至不会被世人所理解，更有甚者还有可能被误解。这就需要极大的心理承受能力，能够承受历经艰苦付出却看不到前景的结果。这种理解或许在遥远的地方，或许在遥远的将来，但是一定要有信心。相信有时间或空间上的朋友会理解、关注自己，那也是很快乐的。

寂寞的人能够承受寂寞并且毫无怨言，那才是坚强独立的人生。学习的人，思考的人，也许不被理解，也许受人讥讽，但不怨不恼才是君子。

"愠"，心中的怨恨，没有发出来。心中没有怨恨吗？有！这种厌恶、讨厌之感被强大的内心修养给化解了。心态平和，物我如一，没有"愠"可发了，才是君子。

君子有所为，有所不为。做学问，意味着大部分时间都坐在冷板凳上。也许最亲近的人也不了解你，也许了解你的人在遥远的地方。不同的时间、地点和形势，人是不一样的。居高声自远，非是藉秋风。如果你确实是块金子，只要是在阳光照耀的地方，迟早会闪光的。不要在意别人知不知道你，别人看见你或者没看见你，你就在那里。闲庭信步于湖边草畔，锄犁耕耘于春风秋雨。合于时而为，不合于时则不为。看落日花红，即使村夫布衣也有自己的彩虹。君子之风不在于职位高低，也不在于财富多少，而在于内心的充盈，在于对美好生活的坚定信心和向往。

对远方的朋友，更多的是心灵的向往，精神的追求。周围的人不理解，远处的人就能理解你吗？不一定。更多的是希望，希望在不远的将来或在遥远的地方，得到心灵共鸣的朋友，在精神上相互慰藉，也是一件快乐的事。

子曰："不患人之不己知，患不知人也。"

这是《学而篇第一》的最后一句话，把"人不知而不愠，不亦君子乎？"和这句话放在一起，就构成了这部分内容的精神。不在于别人不了解你，重要的是，你了解不了解别人。了解别人，理解别人，是非常大的学问。世事洞明皆学问，人情练达即文章啊！

本身一无是处，却慨叹天不遂人愿，实在是一件无聊的事。今天早晨，在路边散步，一片绿油油的玉米地望不到边。地头上，一溜杂草非常茂盛。在杂草中，间或有几枝八瓣梅，非常鲜艳，十分显眼。我走过去，一下子就被吸引住了，那层层叠叠的花儿让人好生爱怜。我低下头欣赏了好一会儿，感叹着茅草中骄人的美丽。小花不语，我自长叹，生于地头杂草间，自信满满，微笑着望着眼前的一切。虽与杂草一起，但不自傲，不自卑，反而将最美丽的一面呈现在阳光下。因为它知道，人们欣赏它的美丽，赞美它的魅力，无关乎它长在什么地方，和谁是邻居。漂亮的小花知道人们需要它展现什么，它大大方方地盛开在路边。当然，如果它开在一个荒无人烟的，人们永远也看不到的地方，那就只能自己欣赏自己了，正像千里马一样，骈死于槽枥之间，但这也不是稀罕事，埋没的千里马太多了。本身无长处，又高矜冷寒，对世界缺乏认识，只能是自叹命运不济。

你在了解别人时，别人也在了解你。别人不了解吗？确实，有时不了解，有时是不想了解，有时是了解了但假装不了解。时间、地点、形势影响人的思维判断，时也，势也，时位移人也。不管怎样，提升自己是主要的。不了解是不熟悉，如果有心了解，总有办法。每个人都是生活中的一分子，每个人都要经历生活中的柴米油盐，风风雨雨。个人的生活习惯、喜好等不可避免地会在生活中体现，点点滴滴汇聚起来就是一个人的精神状态、思想状态。汇总起来，它的长短、方圆就在脑海里树立起来了。要是不想了解，听而不闻，视而不见，那就另当别论。陌生人不必了解，熟悉的人因关系的远近，了解的需求和程度也不一样。非常熟悉，必须接触，但又不去了解他、理解他，那一定是有别的原因。也许不喜欢，也许不认可，或许还有不可释怀的原因，这就不能一一尽知了。

孟子见梁惠王，王曾顾左右而言他，为什么呢？梁惠王知道孟子说什么，也知道他为什么这样说，却表现出不耐烦或不好意思的样子，这就是了解但假装不了解。岔开话题，不愿意听，也是在告诉谈话的人，不要再说了。

不要怕别人不知道自己，自己本身没有什么，别人和社会不了解也没什么。过自己的小生活，体味自己的小情感，也不失为一种怡然自得的柴米油盐进行曲。如果自己了不起，却不为世人所知，也没必要怨天尤人。这个世界的能人、才子太多了，我们既没有经天纬地的才华,也没有惊世骇俗的成就,没必要一副世人皆负我的神情。我已努力,成败不遂我愿,我能奈何?一己之力,难动天地,虽然有些消极,但也有一定的道理。

你了解别人吗?这确实是我们每个人需要思考的问题。总怪别人不了解你,但你了解别人吗?

在处事方面,要有人不知而不愠的精神,在寂寞中做应该做的事业,取得成绩和进步。怨天尤人没有用,心态平和才能真实地了解别人,不苛求别人。把精力用于学习以提高自己的能力,不担心没有人了解自己,首先要考虑的是自身的修养够不够,才能充分了解别人。

我们为什么要了解别人呢?一般的泛泛之交,无须深入了解,但人之常情应该知道。因为生活中我们就要和人打交道,不懂得人情往来,无法和人沟通,更无法获得社会资源来帮助自己获得进步和成功。每个人都是活跃的个体,都有自己的处事风格和价值观,这就要我们不能以自我为中心,而要了解别人,理解别人,尊重别人,珍惜生命中的贵人,感恩理解、帮助提携过我们的人。当你能够站在别人的角度上考虑问题时,你在了解别人和做人的层面上就提升了一个高度。换位思考,是知人的前提;尊重别人,是知人的底线。知道人,才能知道自己;以人为镜,才能看到自己。只有这样,才能被人知道,才能让才华绽放应有的色彩。

《学而篇第一》的精神凝结在开头和结尾的两句话里。让我们再次体会一下吧!

风中小花

子曰:"学而时习之,不亦说乎?有朋自远方来,不亦乐乎?人不知而不愠,不亦君子乎?"

子曰:"不患人之不己知,患不知人也。"

2020年9月12日　庚子年七月廿五

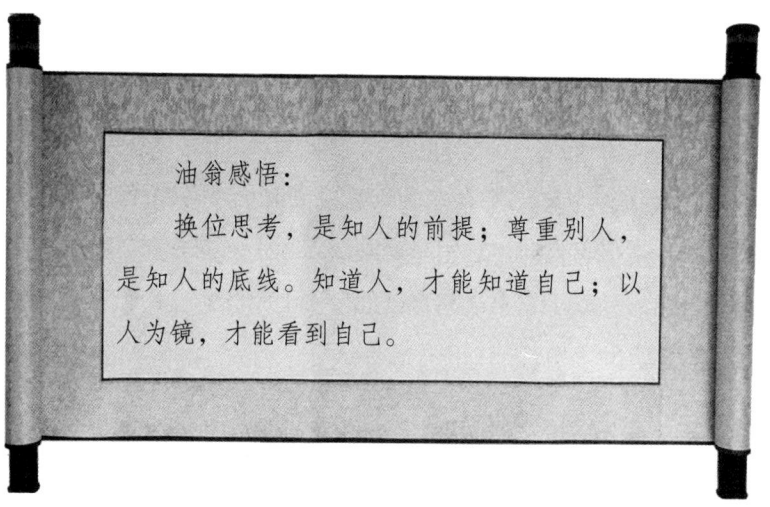

油翁感悟:
　　换位思考,是知人的前提;尊重别人,是知人的底线。知道人,才能知道自己;以人为镜,才能看到自己。

泉水清清

◎ 卖油翁

《为政篇第二》杂谈（一）

北极星，永远闪烁在浩瀚的天空，亿万年的光辉照耀在五湖四海，指引着方向。它用坚定的信念和正确的方向，吸引和关爱着美丽的星辰。它永远在自己的位置上闪耀着，用无私和奉献述说着宇宙的永恒。

子曰："为政以德，譬如北辰，居其所而众星共之。"

这里说的"德"，和现代意义上的道德差不多。

为政，是所思、所想、所学知识的应用，并不一定是现代意义上的政治，可以理解为怎样去做人做事。在古代，包含了教化的意义，就是怎样为人处世，怎样完成事业。

春秋时期,"道""德"两个字并不连用,道是道,德是德。秦汉以后,这两个字逐渐连了起来,成为一个词。但是这个词,即使在现代,也难以理解。虽然分开是两个字,但都能表达完整的意思,合起来就成了人们说的"德"。其实,即使是现在,我认为这个词还是表达"道"和"德"两个字的含义。有道才有德,无道,德就成了无源之水,无本之木。

在《易经》里,有六个字贯穿始终:道、德、志、行、礼、利。《易经》既然这么安排,一定是它们之间有强烈的内在联系,有不容打乱的次序。

"道"为思维模式、规则。道可道,非常道。道不是一个具体概念,不能够明明白白地成为像一、二、三一样具体的表达。要是能明确说出来,就不是道了。道好比泉眼、河道;德是泉眼流出的水,奔腾流淌;志是每个人从河里舀的水。也就是说,有什么样的德,就有什么样的志。顺而及之,大德有大志,小德有小志。每个人都有志,志就是志向,也就是想做什么,准备成为什么。有志就要有行为,这就有了"行"。如何去"行"呢?基础就是道、德、志,但一定要以"礼"规范,否则一团乱麻,志就不可能实现。合乎"礼",就有了利,利是生存的具体依存,为我所用,对我有利,对你有利,对他有利。在礼的规范和约束下,一起呼吸新鲜的空气,共享一片祥和的蓝天。

"德"具体表达的是对于自然的整体认识,即认识观,如世界观、人生观、价值观、文化观、道德观等,能够形成人们处理问题的具体态度,形成处理人际关系的觉悟和规则,是语言化的、用而不知的信念、观念。

"政"者,"正"也。何为正,好思想、好行为就是正。"正"是人类人文环境生存的基础,能给人们带来吉祥和美好。孔子讲"为政",而不是"从政"。"居其所而众星共之",就是大家一起维护和拥护、万众一心的意思。但"正"必须以文"束"之,才能正得合理。

这个问题孔子也做了回答。季康子问政于孔子,孔子对曰:"政者,正也,子帅以正,孰敢不正?""正"要从文,那就表明"言之有文,行之不远",表明所有的"正"都要有"文"的规范和约束,要有"文"的总结和继承。

作为普通人,也有自己的"政",就是我们日常的思想、言行。没有良好的品德修养,就会言不逊,品不端。德是大脑,是指挥棒,指导着一言一行。我们的个人修养、道德情操就是自己的北极星,在这颗智慧巨星的照耀和指示下,让自己的言行充满美好和向上的精神。

意识决定行为,你的嘴、手、脚都听从大脑指挥。不同的品德会生发出大相径庭的结果。飓风起于萍末,再大的风暴都起源于一股小小的气流。当气流形成之后,经过不同时间和空间的运动,也许成为和煦的春风,也许成为寒冷的冬风,也许在海洋上剧烈翻腾,最后成为可怕的台风。思想清楚了,意志坚定了,自己的认识基于良好的品德,想做不好都难。把这层意思再扩展一下,个人谨言慎行、光明磊落、诚实有信,所说的、所做的都符合君子之道,人们怎么会不认可你、尊重你呢?"其身正,不令而行,其身不正,虽令不行",话说出来是让人听并理解的,做了事是要满足共赢需求的。我需要利益生存,但我只获取自己付出辛苦劳动的那一部分,不会做侵犯和伤害别人利益的事。这样,"近者悦,远者来",不就是一名谦谦君子吗?

不管你是身陷茫茫荒漠,还是在漫无边际的森林,甚至是水天相连的大海,当你遥望天际那颗像宝石一样的北极星时,你就会找到前行的方向,你的心灵就不会再迷茫,反而会充满前进的力量。你会在自己的位置上,像北极星一样绽放迷人的光彩,散发光芒四射的魅力和激情。

2020年9月19日　庚子年八月初三

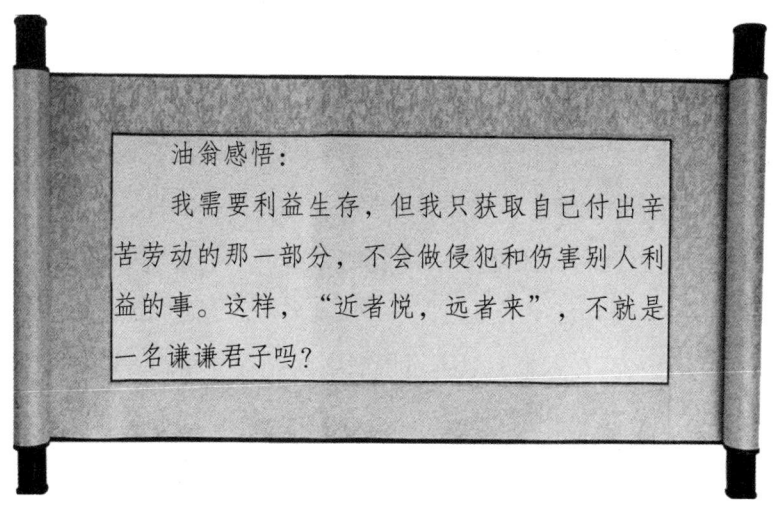

油翁感悟:
　　我需要利益生存,但我只获取自己付出辛苦劳动的那一部分,不会做侵犯和伤害别人利益的事。这样,"近者悦,远者来",不就是一名谦谦君子吗?

窈窕淑女

◎卖油翁

《为政篇第二》杂谈（二）

  《诗经》是诗歌的源头，多为劳人怨妇所作。所谓"劳人"，就是常年为某种事物劳碌的人；所谓"怨妇"，就是无法倾诉感情，操劳在家或恋爱中的妇女。

  爱情是诗歌永恒的主题。《诗经》的第一篇"关关雎鸠，在河之洲，窈窕淑女，君子好逑"就是一首千古恋曲。孔子从不古板，也不迂腐，在整理编撰《诗经》时，将这一篇放在了首位。这首诗也印证了子夏之言："饮食男女，人之大欲存焉。"

  每个人都有思想，只不过层面不同。有平和的，也有险僻的；有实际的，也有超越时空的。没有谁不被自己的思想左右，小人物有小思想，大人物有大思想，只要生活在世界上，经历柴米油盐，繁衍生息，就会有思想。作为先秦诗歌集大成者的《诗经》，更有自己的思想，那就是"思无邪"。

窈窕淑女

> 子曰:"诗三百,一言以蔽之,曰:'思无邪。'"

诗歌是心灵的回音。诗为心声,有感而发。每首诗都是诗人情怀的激荡,就像从山顶而降的瀑布,把清灵的天际之水飞溅在怪石嶙峋的山涧,那晶莹的水珠便化作一行行诗句。

侧耳倾听,伴随着历史的风吹雨打,《诗经》的咏唱声流传千年。"蒹葭苍苍,白露为霜。所谓伊人,在水一方。溯洄从之,道阻且长。溯游从之,宛在水中央。"她端庄娇艳,站立在诗歌的顶峰。明丽的爱情,忧伤的思念,诚挚的感怀,苍凉的歌喉,都在诗歌广袤的原野上纵横开来。

无邪,纯洁的心灵,中和的性情。在一定的规范和约束下,思才能无邪,才能不偏,不钻牛角尖,不僭越礼法。思想和行为,只有在一定的理智之下才能平和,才能像北辰那样"居其所而众星共之"。孔子提倡中庸之道,礼乐教人,儒家的中心思想就是一个"和"字。仁、义、礼、智、信,归根到底,都落到"和"的上面。"和为贵",个人、国家、民族,如果都能坚持"和"的准则,那么天下就太平了,百姓生活也就富足安康了。礼之行,乐之声,都是对身心的陶冶,对性情的打磨。《诗经》虽然内容多样,形式多变,也不乏愤世嫉俗之声,但正像《论语·八佾篇第三》里讲的那样"乐而不淫,哀而不伤",表达的是真挚的感受和对美好的期盼。不管是爱还是恨,都是发自内心的,是纯洁的。也许婉转,也许直白,也许激烈,或许更多的是水中的涟漪，但都是真情倾诉，毫无造作忸怩之态，也无暴虎冯河之莽。有时如绵绵之水，有时如波涛激荡，唏嘘之余，更多的是心灵的洗涤，爱憎的升华。欣赏古人的风雨彩虹之后，感受到"思无邪"的我们，在古人的长歌短啸中，领略诗的魅力，感受心灵的震撼。

在《论语·季氏篇第十六》里，有这样一段记载：

陈亢问于伯鱼曰："子亦有异闻乎？"对曰："未也。尝独立，鲤趋而过庭。曰：'学诗乎？'对曰：'未也。''不学诗，无以言。'鲤退而学诗。他日，又独立，鲤趋而过庭。曰：'学礼乎？'对曰：'未也。''不学礼，无以立。'鲤退而学礼。闻斯二者。"陈亢退而喜曰："问一得三：闻诗，闻礼，又闻君子之远其子也。"

不学诗，无以言，并不是说不学诗不会说话，而是当时的书籍少，《诗经》不仅是诗歌的集大成者，也是那时的百科全书。孔子建议儿子伯鱼学诗，学诗可以言，言之有物；建议伯鱼学礼，不学礼无以立。循循善诱，先诗后礼，君子典范。他认为诗"可以兴、可以观、可以群、可以怨"，努力学习，细研读诗，能"迩之事父，远之事君"，反之，不学诗就会"其犹正墙面而立也与"。另外，《诗经》的语言简练生动，具有很强的形象性和感染力，勤读，读好，读通，肯定能提高思想水平和语言能力。孔子对《诗经》的概括，一如既往地延续了其学说主张，对伯鱼的教育也充分体现了这一点。学诗，涵养内心，学会表达；学礼，自立而立人。多么简洁而发人深省的教育啊！寥寥数语，指出了该学什么和为什么学。千古文帝，万世师表，实至名归。他对于礼的态度，又感动一位学生陈亢，使其受到感化，得到了启迪。他说出肺腑之言："闻一得三，闻诗，闻礼，又闻君子远其子也。"

五千年的浩瀚文明承载着中华民族在历史的长河中破浪前行，圣贤用智慧点亮了航行的明灯。中华儿女在这艘巨轮上或高歌，或长啸，面对逆境，永不气馁；面对敌人，永不屈服。内心高贵的精神支撑起崇高的至真至性的品格。"思无邪"，正是中华儿女笑对风雨的真实写照，也是光明磊落、诚实善良、爱好和平的最好注解。

2020年10月3日　庚子年八月十七

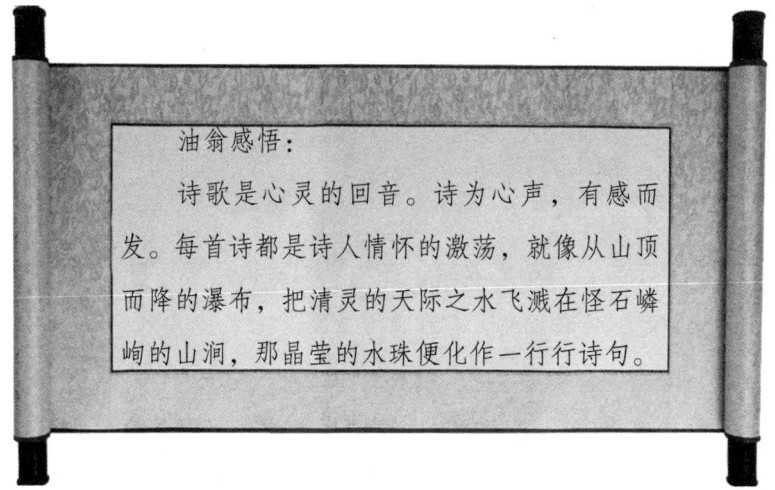

油翁感悟：

诗歌是心灵的回音。诗为心声，有感而发。每首诗都是诗人情怀的激荡，就像从山顶而降的瀑布，把清灵的天际之水飞溅在怪石嶙峋的山涧，那晶莹的水珠便化作一行行诗句。

让美好腾飞

《为政篇第二》杂谈（三）

◎ 卖油翁

孟子讲四心：恻隐之心，羞恶之心，辞让之心，是非之心。这四心是随着人的学识和年龄的成长而逐渐成熟的，特别是羞恶之心，是做人的基础，德政的基础，也是社会健康发展的基础。如果一个人失去了廉耻心，那么这个人一定会两极化，也许自暴自弃，行尸走肉；也许极端暴戾，剑走偏锋，做出不齿于人、没有人性的出格之事。

子曰："道之以政，齐之以刑，民免而无耻。道之以德，齐之以礼，有耻且格。"

这段话的意思是用政令来治理百姓，用刑法来整顿他们，百姓只求能免于受罚，却没有廉耻之心。如果用道德引导百姓，用礼制去同化他们,他们不仅会有羞耻之心,懂得尊重和被尊重,而且有人格。

"德"为道德自律,"礼"是社会规范。孔子重视道德修养,他对道德价值的宣讲和践行,对社会的稳定和谐起了重要作用。

这里谈到了政令、刑罚、道德。以政令引导和治理,再用刑罚使人们产生惧怕之心,人们不会犯错,也能胆战心惊地生存,但他们只知道刑罚的痛苦,却不知道耻辱,更不知道人之所以为人是要有羞耻之心的。刑罚只能惩罚犯罪,并不能生出犯罪可耻的心理。也就是说,光靠政令和刑罚不能确立一个人的荣辱观。若辅之以道德,教之以礼制,以道德来滋养和培育人心,再以礼法来教化民众,他们就能秩序井然,恪守正道。人们不仅会有人格,甚至会有高贵的品格。

在中国历史上,由于秦始皇苛政,陈胜、吴广起义。九百戍边男儿遇雨受阻,耽误了行期,按秦律,误期当斩,但不问为什么耽误了行程。用政令驱使九百人赶赴边疆,用刑法逼他们按时到达,不管洪水滔天,还是刀山火海。总之,唯一目的就是按时到达守边之地。这样的苛政峻法直接逼反了九百壮士。反,最多是死;误期不能抵达,也是死。于是,千古名言"王侯将相,宁有种乎?"在秦朝大地响起,中国历史上第一场轰轰烈烈的农民起义——大泽乡起义爆发了!它加速了秦王朝的灭亡,动摇了秦王朝统治的基础。在风雨飘摇中,各路豪杰逐鹿山林。最终,楚汉相争,霸王别姬。力拔山兮气盖世的项羽乌江自刎,大风起兮云飞扬的刘邦粉墨登场。血雨腥风中,中国历史上第一个封建王朝唱着悲歌,凄惨归去。

  《大学》里说:"有德此有人,有人此有土,有土此有财。"这个"财"包括两个意思,一是指生活资料,二是指人才。一个家庭不仅仅是财源滚滚,更重要的是培养人才,而人才,一定是有道德基础和修养的。没有良好道德的人,一定是损人利己的,缺乏羞耻和荣辱观念。有了人才,家道才能绵延不绝,社会才能和谐发展,国家才能繁荣昌盛。

  耻辱和尊重向来是孪生兄弟。连羞耻之心都没有,和禽兽有什么区别?人之所以为人,就是因为人有羞耻之心,并有作为人应该拥有的基本品质。做了不道德的事,还没等到法律的制裁,就感到羞愧难当,这就体现了道德感化的力量。否则,人与人之间只有利益,到处是丛林法则,这将是一个混乱的没有未来的世界。如果政策法令和道德结合起来,那一定是理想的、完美的、令人向往的美好世界!

2020年10月19日 庚子年九月初三

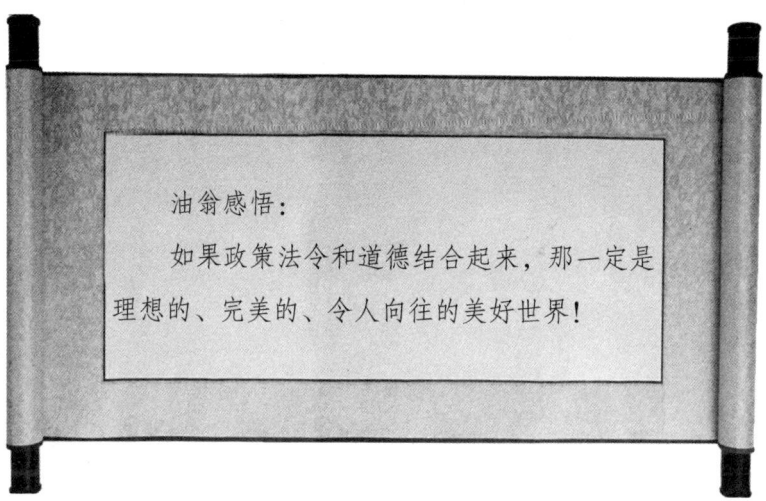

油翁感悟：

如果政策法令和道德结合起来，那一定是理想的、完美的、令人向往的美好世界！

品味蓝色的美丽

◎卖油翁

《为政篇第二》杂谈（四）

生命在不断地成长，同时也在不断地萎缩，得到的同时也在失去，但没有人因为畏惧时光的流逝，而不去采撷生命成长过程中的绚烂之花。过去的幼稚是未来成长的营养。只要有志气，努力学习，认真思考，踏实工作，认清成长的方向，让思想和言行有机融合，从有意识的言行转变成自觉遵守，那么我们就能获得生活的礼赞，领悟生命的精华。

子曰："吾十有五而志于学，三十而立，四十而不惑，五十而知天命，六十而耳顺，七十而从心所欲，不逾矩。"

这段话的字面意思很好理解。孔子说：我十五岁立志学习；三十岁能够自立；四十岁能坚持自己的理念，不被迷惑；五十岁理解天命之事；六十岁能够豁达、包容，能正确对待各种言语行为；七十岁内心平和，平静自如，不越过礼法规矩。

"吾十有五而志于学"，在孔子所处的时代，男子十五岁在人们的认知中，是一个懂事的人的开始。也就是说，进入成人的行列了。十五岁到三十岁之间，是学习的黄金阶段。此时汲取知识营养，将为一生的成长打下良好的基础，成为感悟生活和进步的阶梯。孔子也是凡人，也有顽童和幼稚的经历，也是在十五岁的时候才立志学习。

"不知礼，无以立也"，经过学习磨砺，直至三十岁时，才学成懂礼，得以立身，这就是"三十而立"。也就是说，通过十五年的学习，才明白了为人处世、安身立命的道理。不过，年龄和阅历在任何时候都是生命里的宝贵财富。虽然三十岁风华正茂，光彩夺人，但终究还没有达到"任尔东西南北风，我自岿然不动"的境界，怀疑和不解伴随着琐碎的生活。但是，无惧风雨才能昂首前行，彩虹美在风雨后，自立是精彩人生的阶梯。

"四十而不惑"，四十岁的时候，确立了自己的世界观和人生观，对生活不再迷茫。到罗马的路有很多条，我只走适合自己的路。世间奇花无数，过眼云烟，牡丹富贵，芍药美丽，但那小小的二月兰也灿烂地绽放着，游人也驻足观赏，品味别样的美丽。那些蓝色的小花朵，怡然自得，自信而平和地绽放着。

四十岁，确实是人生的分水岭，不管是当今还是孔子生活的时代，都是心灵应该安静下来仔细想想的时候。不管心于何求,身于何境,人间没有天上掉馅饼的事,没有无缘无故的爱,也没有无缘无故的恨,不可能永远花前月下,也不可能永远乌云密布。阳光的力量不可阻挡,最终会把万道金光洒满人心与原野。到了四十岁的年纪,要把心灵的感悟收藏,风轻云淡,宠辱不惊。无论做人还是做事,"不惑"是基本的判断,犹疑不定不可能成就大事,甚至可能连小事都做不成。

"五十而知天命",到了五十岁时,方知天命。在这里,孔子发出感慨。知道有天命,就知道自己没有能力改变它,那就做好自己该做的事,不要梦想着不切实际的事。好好安排自己的当下和未来,好好生活。

天命是什么?字面上应该这样解释:上天赋予的命。这就产生了一个问题,上天赋予人们的命是相同的,还是不同的?答案显而易见,上天赋予了每个人不同的命。这个命,窃以为是与生俱来、不可改变的。命由两部分组成:一是遗传基因,即身体发肤受之父母,那些遗传基因是不可能改变的;二是出生的环境,包括父母的品位、见识,还有人文和自然环境等。在古代,人文的影响更大。奴隶主的后代是奴隶主,贵族的儿子依旧是贵族;奴隶的后代是奴隶,平民的儿子只能是平民。跨越阶层几乎是不可能的。随着社会发展,这种状况逐渐改变,阶层的流动和融合频繁起来。

"六十而耳顺",到了六十岁时,历经世事,饱经沧桑,更能明辨善恶是非,一颗包容的心已经在喧嚣的尘世间平静下来,没有非此即彼的绝对爱恨,能倾听不同的声音,遇事镇定自若，更不会喜怒无常。

"七十而从心所欲，不逾矩"，经过了几十年的风雨洗礼，终于达到了"从心所欲"的境界。然而，"从心所欲"就可以没有限制，不顾礼法吗？不是的，还要"不逾矩"。没有规矩不成方圆，儒家学说的表现形式就是"礼"。礼的内涵和精髓已经渗入血液，和孔子融为一体。不越过礼法规矩，又能从心所欲，这是孔子修养的境界。自由是美好的，但一定要有一个界限，绝不能是无限的自由，没有边界的从心所欲会衍变成无止境的欲望。

风调雨顺，国泰民安，是人们心目中的祈盼；安居乐业是所有想过上美好生活的人的愿望，人们为之奋斗不止。儒家理想中的美好社会，就是人人知礼，和乐安康。如果人人知礼，并能从中获得心灵上的愉悦，再以"仁"的理念指导生活，那么人们就会有高尚的道德情操，世界也会是一个充满阳光的美好的世界。

2020年11月1日　庚子年九月十六

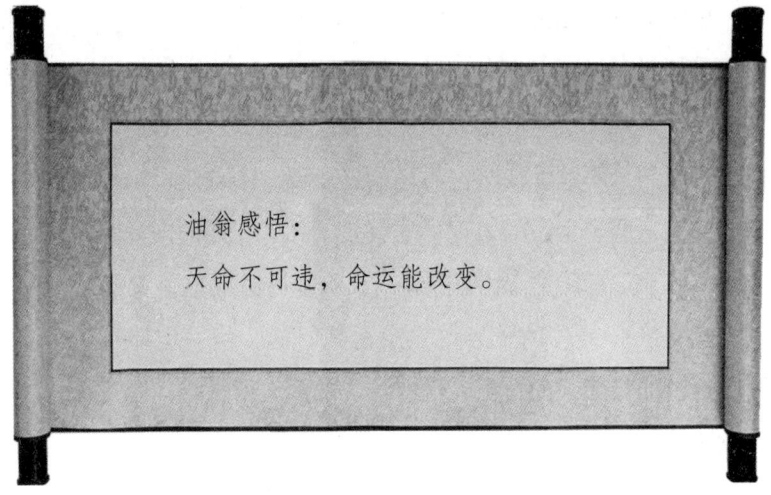

油翁感悟:
天命不可违,命运能改变。

常回家看看

《为政篇第二》杂谈（五）

◎卖油翁

"常回家看看，回家看看，哪怕帮妈妈刷刷筷子洗洗碗，老人不图儿女为家做多大贡献呀，一辈子不容易就图个团团圆圆……"这首歌唱出了多少父母的心声。

阖家欢乐，团团圆圆，是每个家庭追求的美好生活场景。在这幅美丽的画面里，暖融融地徜徉着血脉亲情。流淌在中华民族血液里的孝道，像春天的阳光一样滋润着人们的心灵。

在文明没有出现、国家未产生之前，"孝"的行为就产生了，只不过是在人们之间无意识的以最本质的方式出现。即使是在动物中间，也有本能的亲情依存。"孝"的观念，最初来源于生物本能的延续繁衍，为了生存，年长的照顾年轻的，强壮的照顾羸弱的，成了动物进化的不二选择。人亦如此，这种本能就是最初的"孝"。随着生产力发展，社会进步，在人们的思想里，在社会秩序中,"孝"慢慢地确立起来了。

父系社会时期,"孝"已经不是人们无意识的本能了,而转变成自觉的行为。尧舜时代,"孝"已经不仅仅是个人的事,而是上升到社会风气和治理的层面了。舜的父亲瞽叟和他的弟弟象,几次害舜,舜不计较,孝道感天,成为尧的接班人,也成为孔子赞颂的榜样。可见,"孝"虽然是个体行为,但对于整个社会来说,却是大厦的基石、人间的春风、寒冬的暖阳,也是爱的奉献和延续。

在《论语·为政篇第二》里,对"孝"的精彩论述表现在以下几段话里:

> 孟懿子问孝,子曰:"无违。"樊迟御,子告之曰:"孟孙问孝于我,我对曰无违。"樊迟曰:"何谓也?"子曰:"生,事之以礼;死,葬之以礼,祭之以礼。"

> 孟武伯问孝,子曰:"父母唯其疾之忧。"

> 子游问孝,子曰:"今之孝者,是谓能养。至于犬马,皆能有养;不敬,何以别乎?"

> 子夏问孝,子曰:"色难。有事,弟子服其劳;有酒食,先生馔,曾是以为孝乎?"

一对父子先后问孝于孔子。孔子对父亲的回答是"无违"。无违什么？没有明讲，是不能讲还是不敢讲，不得而知。当然是无违于礼，孔子简而言之，就看孟懿子怎么领悟了。看来这个孟懿子有问题，孔子都不好意思指出来，但他心有所想，把不能跟孟懿子直接说的话，对樊迟说了出来。想想当时的情景，孔子坐在车上，樊迟御马前行。突然，孔子既像是自言自语，又像在跟樊迟说："孟孙问孝于我，我对曰'无违'。"樊迟反应不过来，老师的这句"无违"，放到谁身上都丈二和尚摸不着头脑。估计那个孟懿子也在慢慢回味，没有完全明白。樊迟紧蹙眉头，提出疑问："何谓也？"说的是什么呀？孔子道出了答案，对于父母要尽孝道，这个道就是"生，事之以礼；死，葬之以礼，祭之以礼。"

　　据史载，孟武伯是孟懿子的长子，为人骄奢淫逸，喜好声色犬马。他也"问孝"。这回，孔子就比较直接了，告诉他："父母唯其疾之忧。"人们历来对于这句话有不同的理解。有人认为，这句话强调的是做子女的要多关心父母的健康；也有人认为，强调的是为人子者要是有不义的行为，就是不孝；更有人认为，孔子是借孟武伯问孝之机，向他提出批评。但也可以这样理解，当孩子生病以后，父母着急和忧愁的心情是无法言说的。不是说养儿才知父母恩吗？你只要把父母在你生病的时候对待你的态度，反过来对待你的父母，那就是孝了。简洁而深刻，意赅而境远。有这样的态度，怎么能不孝呢？一定是个大孝子。

　　以这样的态度来对父母尽孝，才是真正的孝。也就是将心比心，用父母对待儿女的态度，反过来孝敬父母。不管是哪一种理解，实际上都在说一个基本事实，那就是一定要用良好的态度对待父母。可能孔子对孟氏父子比较了解，所以从不同角度向他们做了解释。对父亲欲言又止，点到为止；对儿子谆谆教诲，说理深刻。

接下来，一对同学出场了，先是子游，后是子夏。孔子对子游的回答重在"敬"，精彩之句是"不敬，何以别乎？"。

犬马皆能有养，作为万物之首的人，怎么能仅仅满足于衣食住行呢？人是有精神需求的，老人更甚。尊敬是发自内心的，表现形式就是礼。对父母不仅仅是供养衣食，更要了解和尊敬他们，让他们享受应该享受的快乐，得到应该得到的尊重。所谓孝道就是发自内心的敬意，在父母生前身后的具体表达。"孝"应建立在"敬"之上，孝顺父母要真心实意，既有物质赡养，又有精神慰藉。作为儿女，关心体贴父母，为他们分忧解愁，料理好个人生活，让父母少操心，都是尽孝。孔子与子游之间的谈话，强调了身为人子，一定要对父母心存尊敬与爱戴，这样才能给父母带去快乐和幸福。

孔子和子夏谈话的侧重点和子游不同，强调的是"色难"，这个更难做到。"色"就是态度、脸色。在父母面前，一直保持和颜悦色的神态是非常艰难的。一时一霎易，一生一世难。生活中的风风雨雨、坎坎坷坷都会在人的脑海里形成符号，并由大脑做出反应，怎么能不在脸色和态度上反映出来呢？外面阴雨连绵，回家后立马春光灿烂，怎么能一下子转换情绪呢？有时来不及转换就到了家里，一不小心就把外面的烟熏火燎带到了父母面前。于是，一心等待儿女欢笑归来，听一点暖心的话，看一下儿女的笑脸，却等来一个闷葫芦，或许是一个火烧屁股的猴子，有时还毛躁地"吱吱"几声。"色难"，太难了！

孔子关于孝的不同解答，尽显孔子的语言艺术。孔子对生活的理解深邃而独到，一双洞察世界的眼睛穿越过去和未来。

孝的内容，从古至今都是不断完善和扬弃的。最原始的孝纯粹是出于人的至诚本性，是至情至性、无怨无悔的真情。"孝"字是"子"承"老"下，说明孝的主体是"子"，是承载"老"的。然而当今，许多人却把孝的行为形式化、浅薄化了，停留在"养"的层面，给上点钱，不缺衣食，就算完成任务了。还有的人，实际上已经背离孝道，把父母当成累赘了。

在工作中，"色难"也无处不在。保持好的心态，让人赏心悦目，是一种态度和修养。如果领导者如沐春风，和蔼可亲，员工就会倍感温暖，充满活力。员工努力，积极向上，热情对待本职工作，领导也会欣慰有加。反过来，对部下开口就骂，发脾气，那么员工工作能力再强，如果没有一个好的态度，其他方面也会大打折扣，甚至化为乌有。实际上，把这个"色"推而及之，就是一个人与人之间相处的问题。生活、工作，无时无刻不在涉及。领导和下属能一直保持和颜悦色的心态吗？父母和孩子没有厌烦的时候吗？同事之间，朋友之间，亲戚之间，都存在"色难"。为政之道，也是"色难"啊！现在各个政务大厅窗口要求微笑办公，对前来办事的人要不厌其烦，其实也是在解决

"色难"的问题。

中国文化讲孝道,儒家更是以"孝"为根本。"百善孝为先",历代王朝也是以孝治天下,并说"求忠臣必于孝子之门"。"孝"成了当时的一项治国方略,即以"孝"的思想贯穿于国家的整体治理中,渗入生活中的方方面面。上至皇帝,下到平民百姓,都要以"孝"的规范要求自己,检验自己,时时刻刻把"孝道"牢记于心,身体力行,延续传承。忠孝传家作为优良传统,几千年绵延不绝,延续着中华儿女的血脉。

2020年11月8日　庚子年九月廿三

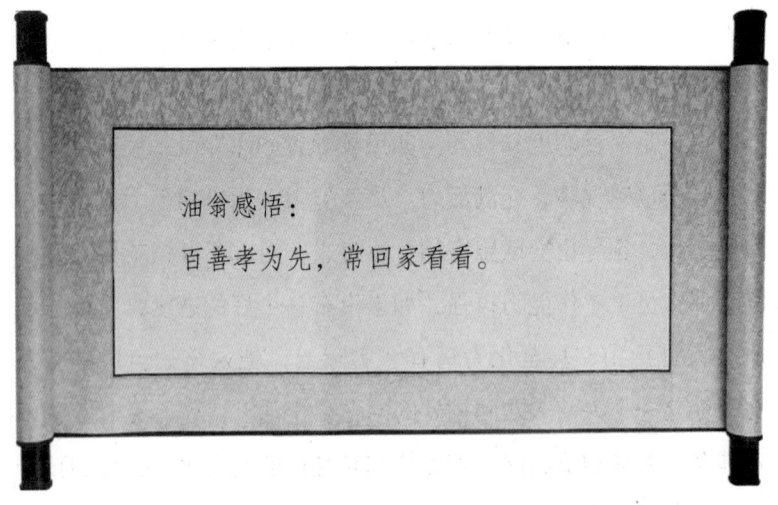

油翁感悟:
百善孝为先,常回家看看。

陋巷箪瓢亦乐哉

《为政篇第二》杂谈（六）

○卖油翁

青山相待，白云相爱，梦不到紫罗袍共黄金带。一茅斋，野花开。管甚谁家兴废谁成败，陋巷箪瓢亦乐哉。贫，气不改；达，志不改。这是元代宋方壶的《山坡羊·道情》，是一首浩然正气之歌，表达了"贫而无谄，富而无骄"的思想，正像孟子所说：富贵不能淫，贫贱不能移，威武不能屈，此之谓大丈夫。

子曰："贤哉回也！一箪食，一瓢饮，在陋巷，人不堪其忧，回也不改其乐。贤哉，回也！"（《论语·雍也篇第六》）

这段话的意思是：高尚啊！颜回！一箪食，一瓢水，住在破败不堪的巷子里，一般人都忍受不了这种贫困的忧愁，颜回却能乐在其中。颜回真是贤啊!

每个人都应该有一点儿精神,为了自己的理想去坚持和追求。颜回处在极端贫困之中依然能够悠然自得,苦并快乐着,不改乐道之志。富贵不是终极追求,仁道才是一生所愿。在艰难的生存条件下,不灰心,不气馁,没有抹掉对生活的热望,让内心的爱承接温暖的阳光,享受思想里的五彩缤纷,笑看天上云卷云舒,庆幸拥有温馨的生活。

颜回就是这样一位在困境和逆境中迎风而立、不改其乐的人。这样的人就和"仁"非常接近了,于是孔子不由得赞叹:"回也其心三月不违仁,其余则日月至焉而已矣。"(《论语·雍也篇第六》)颜回能够长期不违背仁的原则,其他人至多坚持一小段时间而已。人在贫穷的时候表现出的精神才是内心的真情告白,也只有在这个时候,他的人格和追求才经得起阳光的暴晒、风雨的吹打和冬雪的严寒。不积跬步,无以至千里;不积小流,无以成江海。颜回能够取得如此高的成就,跟他平时的努力是分不开的。据记载,颜回是孔门弟子中学习最用功的人,而且也是坚持到底的人。能得到孔子的高度评价,可见其在老师心目中的地位。也只有颜回能够坚持初心,长久地坚守仁的理想,将仁的思想贯穿于自己的思想和行动中。

那么,在孔子的印象中,颜回一开始就是这样的吗?不是的。

子曰:"吾与回言,终日不违如愚。退而省其私，亦足以发，回也不愚。"

老话说，人是百样图，什么样的人都有，外形上有高矮胖瘦，修为上有品德高下，但人们所欣赏的往往有共性。比如说，不管是小人还是君子，都希望和自己打交道的是老老实实的人；不管自己诚实不诚实，都希望自己面对的是一个诚实的人。

颜回是孔子高足，学业超群，品德出众，是孔子心目中的完美学生，也是学问衣钵的继承人。在课堂上，颜回安稳学习，笨笨的样子甚至显得有点愚。有一段时间，孔子也这样认为，但孔子的眼光是独到的，不会因为学生的一种表现而忽视他其他方面的优点。细心观察后，孔子发现，这个不积极表现的弟子，对学问却有精辟而深刻的感悟，并能融入自己的理解，实在是一名优秀的学生，甚至有些方面还超过了自己。

子谓子贡曰："女与回也孰愈？"对曰："赐也何敢望回？回也闻一以知十，赐也闻一以知二。"子曰："弗如也。吾与女弗如也。"（《论语·公冶长篇第五》）

可见颜回的聪慧和学习领会能力，在孔门弟子中出类拔萃，连孔子也自叹不如。正如韩愈所说：弟子不必不如师，师不必贤于弟子。

从颜回身上，孔子看到了另一种人格魅力：憨憨实实的激情,大智若愚的平静。

但是,有的优点也是缺点,有的缺点也是优点。颜回痴迷于学问道德,生活上却贫困异常,可以用艰难度日来形容。

子曰:"回也其庶乎,屡空。赐不受命,而货殖焉,亿则屡中。"(《论语·先进篇第十一》)

在这段话里,"中"和"空"是相对的。

这段话的意思是:颜回那样一个在道德和学问上接近完美的人却贫穷。子贡一边学习,一边做买卖,做买卖眼光好,判断准,屡屡成功。

看到这里,我有一个疑问。孔子和子贡为什么不帮助颜回呢?是颜回不接受,还是孔子和子贡不好意思帮助?按子贡的能力,在物质上帮助颜回是绰绰有余的。孔子和子贡只要在物质上拿出很少一部分来,也许颜回就不用过"一箪食,一瓢饮"的生活了。也许颜回的身体也会好一些,孔子就不用在他死后仰天长叹"噫!天丧予!天丧予!"了。在《论语》里,没有只言片语提到这些事情,我的疑问也只能永远是疑问了。

孔子对这个弟子非常满意,赞叹之语不绝于耳:

哀公问:"弟子孰为好学?"孔子对曰:"有颜回者好学,不迁怒,不贰过,不幸短命死矣。今也则亡,未闻好学者也。"(《论语·雍也篇第六》)

子曰:"语之而不惰者,其回也与!"(《论语·子罕篇第九》)

子谓颜渊曰:"惜乎!吾见其进也,未见其止也。"(《论语·子罕篇第九》)

子曰:"从我于陈、蔡者,皆不及门也。"德行:颜渊、闵子骞、冉伯牛、仲弓。言语:宰我、子贡。政事:冉有、季路。文学:子游、子夏。(《论语·先进篇第十一》)

在这里特别说一下"不迁怒,不贰过"。怨天尤人、推卸责任是很多人的共性,自己做不好却迁怒于人,有些人觉得理所当然。他们的眼睛睁得大大的,在别人和外部环境上找问题,却不从自己身上找原因。当然,主观和客观是相互的,但自省是获得成功的关键。这个"省",包括自省和对客观环境的反思,对个人修养至关重要。"喜怒哀乐之未发,谓之中;发而皆中节,谓之和。中也者,天下之大本也;和也者,天下之达道也。致中和,天地位焉,万物育焉。"这是君子修身的目标,也是君子的追求。不迁怒,更是一个人涵养的高度体现,任凭风吹浪大,我自闲庭信步。

"不贰过",人不可能两次踏入同一条河流,当你说现在的时候，现在就已经从你的指缝间溜走，轻飘飘地变成了过去。同一个毛病犯两次，都是对生命的不尊重。也就是说，不在同一个地方犯相同的错误。但说起来容易，做起来难。"不迁怒，不贰过"，这六个字我们也许一辈子也做不到。扪心自问，谁没有犯过相同的错误。甚至在不同的时间和地点犯相同的错误？有，而且是普遍现象。如果人们都能做到不贰过，那颜回的不贰过，孔子就不会赞赏了。正因为难做到，才显得珍贵，才显示出颜回高度的自律和高度的修养。

　　颜回没有痛苦吗？肯定有。每个人都有不为人知的内心世界，圣人也是人，有人的正常需求，也有七情六欲，只不过被内在的学识情操、道德修养散发出的光辉蒸发掉了。我想，孔子既然能看到颜回的刻苦用功，应该也能看到颜回的内心世界。正是这份欣赏，既知其苦，更知其乐，才让孔子更加赞赏颜回，把他当作自己的希望和寄托。

　　有得必有失，有失必有得，这是世间常情。一个人在一个方面的发展特别优秀，其他方面也会受到影响，因为人的精力是有限的，有限的生命在无限的世界中，永远是一粒尘埃。颜回特别用功，两耳不闻窗外事，一心只读圣贤书，学问道德好，那么在具体的物质方面，肯定会慢一点，甚至迟钝，这无可厚非。颜回穷得有点极端，也许这是"复圣"的宿命吧，但颜回穷却不坠其志，心态乐观，这就非常难得了。

2020年11月20日　庚子年十月初六

陋巷箪瓢亦乐哉

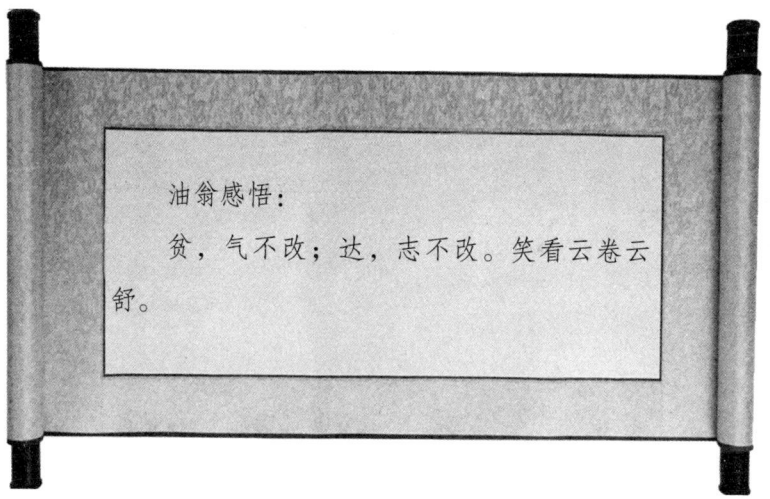

油翁感悟：

贫，气不改；达，志不改。笑看云卷云舒。

百花秋月

◎卖油翁 《为政篇第二》杂谈（七）

诚实守信是做人的底线和根本。君子厚德载物，为什么厚德会收获丰厚呢？厚道得人心，做事靠信任；厚道成大业，奸诈失人心。没有人喜欢奸猾之徒，缺乏信任，何谈事业？

人不是千人一面，而是千人千面，有诚实的，也有奸佞的，有讲信誉的，也有说谎不心跳的。"春有百花秋有月，夏有凉风冬有雪。"所以，芸芸众生中，既要选择与自己对眼对路的人共事、交朋友，但也会和素不相干者打交道，更有甚者，明明是讨厌的人，也得不情愿或者不得已在一起工作、沟通。这就要求我们有一定的观察能力和分析能力，学会和谐地生存，与人和平相处。

孔子洞察人情世故，指出了识人的方法。

子曰："视其所以，观其所由，察其所安，人焉廋哉？人焉廋哉？"

"视其所以"，看谈话或做事的动机、目的，就能够较为准确地认识他人。有人为恶，也有人为善。意识决定行为，行为是思想在行动上的体现。说话的动机，做事的目的，是人品的真实反映。也许有的人隐藏得很深，但路遥知马力，日久见人心，时间长了，总会露出马脚的。

"观其所由"，所走过的路，他的来源，是指观察一个人行事的方法以及他的出身来源，看他的生活之路，生存之道。满足基本的生存条件，能够生活下去，并且越来越好，这是每个人的愿望，但现实往往不是想象中那么美好，心存恶念就会不择手段。行善的人是真心为善，还是貌善心恶，沽名钓誉？一个人的价值观、世界观和人生观是其心灵的居所。如果能认准其价值观和志趣所在，就算是知人了。另外，居住的地方也很重要，孟母三迁的故事足以说明外部环境对孩子成长过程的影响。

另外，人的来源也大有说道，聊起来非常麻烦。也许有人说，每个人都是父母所生，来源还有不同吗？其实这说的是基本出身，但来源的学问大着哩！特别是初入社会的年轻人，第一步踏入社会，进入一个单位，是非常重要的一件事，一辈子都会被打上这个单位的记号。在以后参加其他工作时，新单位都会考虑你以前的工作，你也会带上以前工作的印记。现在很多招聘单位都要求应聘者的第一学历，也是要看你的来源。

"察其所安",所安的心境,安于什么,平常安于什么心理?有人安于平淡,有人安于富贵,有人安于事业,有人安于青灯黄卷。世人百样图,不一而论。心一定要有所安,现在有不少人寂寞无聊,无所事事,所以心不能安。如果这种人长期心无所安之处,可能会横生是非。

"人焉廋哉",廋:隐藏、藏匿。这个人怎么能隐藏呢?孙子说:"知己知彼者,百战不殆;不知彼而知己,一胜一负;不知彼不知己,每战必败。"了解别人,是社会生活的必备能力,虽然我们有时不想了解,但正像许多事情一样,本来不想做,踌躇再三还是不得已而为之。每个人的能力有限,了解别人的深浅程度不同,但是按孔子的三个步骤,一定会有所收获。知人不易,和谐的人际关系是人人都向往的,有志同道合的朋友更是人生一大乐事。家庭也好,工作也好,要言而有信,诚实待人,与人为善,无愧于心。

古往今来,人类社会的基本交往规则和风险程度都没有太大的变化。"我"字表示持戈保护自己的利益不受侵犯。每个人都想在社会上获得自己需要的东西,都想满足自己的利益,但在获利的过程中,难免会触碰别人的利益。那么,在实现自己利益的同时,能够兼顾其他人的利益,和谐共存,就是美好的场景。然而,每个人对利益的认识不同,对利益的追求不同,就造成不少利益纠葛。随着社会的发展,人们已经不再满足于仅仅获得必需的生存资料,而需求的范围越来越广,涉及的层面越来越多,这就需要社会道德秩序和法律规则的约束。

认识自己，了解别人，是每个人必经的成长过程。让我们在圣人的思想火花中看到更多的你我，走进新生活，观赏更完美的时光彩虹。

2020年12月16日 庚子年十一月初二

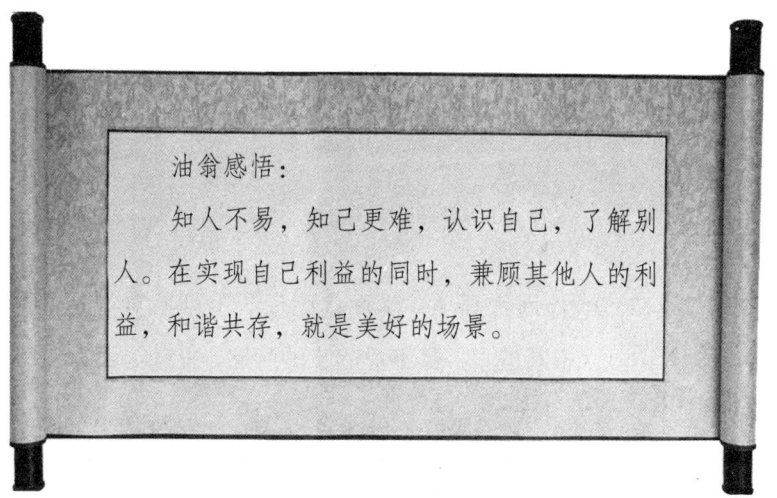

油翁感悟：

知人不易，知己更难，认识自己，了解别人。在实现自己利益的同时，兼顾其他人的利益，和谐共存，就是美好的场景。

七彩阳光

◎卖油翁

《为政篇第二》杂谈（八）

子夏曰："仕而优则学，学而优则仕。"可见学习的重要性。努力学习，不断进步，是事业起步的阶梯，能让心灵有更好的归宿。

儒家主张入仕，就是要通过做官来经世济民。在时代风尘中，纵然才能再大，如果手中没有相应的权力，人微言轻，是很难实现抱负的。"学成文武艺，货与帝王家"成了古代文韬武略之人实现理想的必经之路，所以，"学而优则仕"成了古人十年寒窗的原动力。"十年寒窗无人问，一举成名天下闻。"黄金屋、千钟粟、颜如玉，都要通过入仕来实现。读书明理，进入官场，就得仕而优则学，继续学习，深造自己，提高学识。做官如此，普通人亦如此。学习是一辈子的事，活到老，学到老，但一定要学而知新，学有所得。

七彩阳光

子曰："温故而知新，可以为师矣。"

温习过去的知识，并有新的体会，再学习新的学问，就能成为老师了。这里的"故"可以理解为自己的经验，别人的知识，以及书本知识、社会知识、历史知识等。学习一定要有第三只眼，能穿过文字表面看到字里行间的深刻表达，分析其内在本质，思考其闪光之处。这句话没有放在《论语·学而篇第一》，而放在《论语·为政篇第二》，圣贤们这样安排肯定有其深意。也就是说，在为政的时候，在做事情时，一定要认识过去，以史为鉴，并结合当下，有新的认识，才能成为"师"。

师者，所以传道授业解惑也……是故弟子不必不如师，师不必贤于弟子，闻道有先后，术业有专攻。为师者，就要不断学习，用踏实的生活经历和探索追求的精神，回望过去，做好当下，孜孜不倦，展望明天的风雨彩虹。"前事不忘，后事之师。"伟大的人物都是在"温故"中提高，在"知新"中前进。

对于"新"而言，并不是所有的"新"都令人欣慰。有的"新"让人耳目一新，带来创新的享受和喜悦；有的"新"则是把旧东西包装一下，没有新意，换汤不换药，假创新之名，行私欲贪婪之实。更有甚者，确实创新了，却给人们带来了不安。

这句话也可以这样理解：学习时有富裕时间就要做事，做事的同时继续学习。只有学习，巩固原来学过的知识，在学习中提高自己，开拓视野，才能帮助我们在纷繁复杂的琐碎中找到问题，然后正确地解决问题。

　　学习，一定要明确所学知识的发展规律和变化趋势，学会具体情况具体分析。鹦鹉能言，不离飞鸟，机械地重复毫无意义。马谡扎营于山上，自信"陷之死地而后生，置之亡地而后存"，结果街亭丢失，悔恨千古。韩信背水一战，破釜沉舟，取得了胜利。对同一兵法的运用，结局截然不同。温故知新，智谋志士的高明之处是学有所得，运用合理，不因一时所限、一地所困，而是因势利导，做出正确的选择。东施效颦，尽人皆知。东施刻意模仿西施，期望有朝一日能成为倾国倾城的漂亮姑娘，但费尽辛苦却枉费心机，学成了四不像。

　　古往今来，人们在千百次的失败中得到了经验，制造了工具，提高了生产和生活能力，从而在广阔的自然界里，有了更大的生存空间。历史的巨轮劈波斩浪滚滚向前，社会在继承中前进。在生产关系和生产力的磨合运动中，一直走到了今天。正因如此，儒家大力提倡仁、义、礼、知、信，让大家和谐共存，避免激烈的冲突。但是，历史终归是要前进的，原地踏步、固步不前就会落后，甚至被时代抛弃。人类文明的大船永不停顿，不管是物质的还是思想的，只要是阻碍历史车轮的，终有一天会被淘汰。"云行雨施，品物流形"，生命在流淌，新思想、新事物层出不穷，重温过去，成就未来，才能跟上时代前进的步伐。

　　只学不用，学了白学；只用不学，终会江郎才尽。新的成了旧的，旧的成了新的，时光轮回，斗转星移。时时刻刻温故知新，正像《礼纪·大学》里说的那样："苟日新，日日新，又日

七彩阳光

新。"

2020年12月30日　庚子年十一月十六

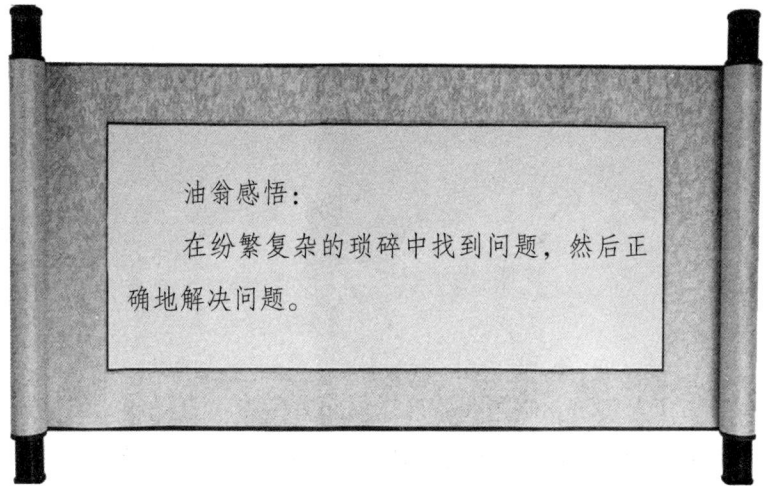

油翁感悟：

在纷繁复杂的琐碎中找到问题，然后正确地解决问题。

成器不成器

◎卖油翁

《为政篇第二》杂谈（九）

住在农村时，感到有些村民就是哲学家。有时候，他们说的话让人回味无穷。前天就听到一位老人批评一个小孩子："你得好好学习了，就像现在这样吊儿郎当，长大后吃饭也是个问题，更不用说成'器'啦。"成器不成器，是当地的方言。当某人发展得非常好时，人们对他的评价就是"成了器"，反之就是"不成器"。

子曰："君子不器。"

细想，这句话跟村民的话有异曲同工之处。按照现代汉语理解，字面意思就是"君子不是个器物"。通俗地讲，好像不通，像是在骂人。难道是孔子在骂人吗？不是，孔子是把自己比作器，别人也把孔子比作器。孔子把别人比作器，早已有之，《论语》里就有几处：

> 仪封人请见，曰："君子之至于斯也，吾未尝不得见也。"从者见之。出曰："二三子何患于丧乎？天下之无道也久矣，天将以夫子为木铎。"（《论语·八佾篇第三》）

孔子到了一个叫仪封的地方，当地的行政长官要见他，可能遇到一点儿问题，这位官员就说了一句有话外音的话："有君子到了我这里，还没有我见不到的。"于是，"从者"领着他见到了孔子。会面之后，他说："同学们还用担心文化的丧失吗？天下无道已经很久了，上天已经派夫子来，像木铎一样警醒教化众人。"

木铎是以木为舌的大铃，铜质。据说在西周时期，政府官员摇动木铎，巡行各地，宣达政令，在民间采风。

仪封人把孔子比作木铎，警醒世人。多么好的比喻，形象而贴切，虽然是器物，但和顺高雅。孔子和弟子们欣然接受，高兴地记载在《论语》里。

> 子贡问曰："赐也何如？"子曰："女器也。"曰："何器也？"曰："瑚琏也。"（《论语·公冶长篇第五》）

子贡问孔子:"我怎么样呀?"孔子说:"你是个器呀。"子贡又问:"什么东西?"孔子说:"瑚琏啊。"

孔子说子贡是个瑚琏。瑚琏是古代宗庙盛放黍稷的祭器,尊贵华美,可以和鼎相配并且同用,是大宝礼器。瑚琏珍贵,终归是个器物,但用来比喻子贡的才干和品德,再恰当不过了。

子贡曰:"有美玉于斯,韫椟而藏诸?求善贾而沽诸?"子曰:"沽之哉,沽之哉!我待贾者也。"(《论语·子罕篇第九》)

子贡赞扬老师是一块美玉。

子贡说:"这里有一块美玉,是藏在柜子里,还是有好价钱就卖掉它呢?"孔子说:"卖掉吧,卖掉吧!我在等待买主啊。"

美玉弥足珍贵,但也是一块玉,一个好的器物而已。子贡这样比喻老师,完全是出于尊敬和发自内心的感叹。老师像美玉一样圆润安顺,高贵无瑕。

子曰:"岁寒,然后知松柏之后凋也。"(《论语·子罕篇第九》)

天气最冷的时候,只有松柏挺拔常青。君子坚韧不屈,耐得住困苦,受得了折磨,初心不改。这里把君子比喻为松柏,高洁坚毅。

　　佛肸召，子欲往。子路曰："昔者由也闻诸夫子曰：'亲于其身为不善者，君子不入也。'佛肸以中牟畔，子之往也，如之何？"子曰："然。有是言也。不曰坚乎，磨而不磷；不曰白乎，涅而不缁。吾岂匏瓜也哉？焉能系而不食？"（《论语·阳货篇第十七》）

　　佛肸叛乱，邀请孔子前去帮助他，孔子准备前往。子路说："过去曾听夫子说：'亲自做坏事的人那里，君子是不会去的。'佛肸在中牟叛乱，您要去，怎么解释呀？"孔子说："对，说过这样的话，不是说坚硬的东西磨不薄、磨不坏吗？洁白的东西染不黑吗？我难道是个匏瓜吗？只能挂在那里看，而不能吃吗？"

　　孔子自比匏瓜，是说自己不做无用之物，而要成为有用之"器"。当然，孔子只是说一下，不可能真去的。匏瓜味苦，只能看，不能吃，中看不中用。孔子自比匏瓜，说出内心的渴望，希望有朝一日出世，济国安邦，教化国民，完成自己恢复周礼的愿望，救民众于乱世之中。

　　"器"，形而上者谓之道，形而下者谓之器。器物，有形的东西。

　　有许多人这样理解这句话：君子不能是个器物。于是引申开来，说君子不能像某个器物一样，仅仅具备一方面或几方面的才能，而要广闻博学，担负治国安邦之重任。对内能够广济苍生，对外能够出使四方，不辱君命。只有这样，才能成为时代和社会需要的人，跟上时代前进的步伐，才能对得起"君子"这一称号。也就是说，君子应该是全才。这可能吗？回答是肯定的：不可能。全才是什么都懂，但什么都懂其实就是什么也不懂。

在两千五百多年前，当时的语境和社会状况跟现在相比，可以用天翻地覆来形容。所幸还有汉字这一历经沧桑而不衰的文字，不然几千年的历史该怎么传承。中华文明是到现在都延续的文明，汉字和文言文功不可没。汉语言极其丰富，表达方式变化多样。虽然文言文有人们大致认同的表达方式，但各地的口语肯定会对当地的行文产生影响。某地的作者写作时，不可避免地会受到当地方言土语的影响，但有一点是共同的，那就是用词简练。因为当时只有竹简，人们用小刀一字一句地把文字刻在竹片上，何其辛苦。留在竹简上的文字都到了"增一字则多，减一字则少"的地步。一字一意，有时一字多意，甚至一个字的意思就代表了我们现在一句话甚至更多的内容。

"埋骨何须桑梓地，人生何处不青山。"这里的"不青山"就是到处是青山的意思。

君子是修身养性、淡泊名利、有德行的人。前面文章已经说过，君子可以是大人、丈人、王、帝。也就是说，君子是小人之外的人。君子是一种涵养、气质修为，不是某一类人的专属，不是领导，也不是有大成就的人。君子可以是农民，也可以是工

成器不成器

人、知识分子,不一定是教育家,还可能是企业家。

有人把"君子不器"的"君子"理解成胸怀天下、经世济民的大造之才,窃以为不妥。难道普通人中就没有君子吗?有,君子就在我们周围,就在人群中。孔子谈"为政",并不是说为政就一定要当官。孔子的"为政",指的是怎么做事,怎么更好地做事。

无所不知,实际上是什么也不知。

子贡把孔子比作一块美玉,孔子认可了,并说"沽之哉,沽之哉!我待贾者也"。仪封人把孔子比作木铎,孔子也说自己不做匏瓜。可见,君子就是器,是有良好作用的器。孔子把子贡比作瑚琏,就是说子贡大气,有才气。

人们常说,某个人成了器,用以说明某人有了一定的成就,也许大,也许小,总归是有所成,就像一个器物一样,能够独立地承载自己或者别人的嘱托或使命。如果说某个人不成器,则说明此人有问题,说话或做事离谱。在人们眼中,不成器的人和成器的人相比,他的言行以及基于他自身的能力和性格所带来的与之相匹配的功用,都没有达到人们的期望。

《论语》原文没有标点符号,是后人根据自身的理解加上去的,包括段落分节,也是后代注释者根据行文断开的。

试着把"君子不器"这句话的上下文放在一起:

> 吾与回言,终日不违如愚。退而省其私,亦足以发,回也不愚。视其所以,观其所由,察其所安,人

焉廋哉？人焉廋哉？温故而知新，可以为师矣，君子不器？子贡问君子，子曰："先行其言而后从之。"君子周而不比，小人比而不周。

这里我改了两个标点符号："可以为师矣"后面加逗号，"君子不器"后面加问号，变成反问句。重新读一下，这句话就可以这样理解：温故而知新，就可以当老师了，这个"师"不一定是当老师，而是在某一方面学有所长，能够在某一方面指点别人的人，这不就成了"器"吗？再联系上下文，颜回能够学有所得，而且能够发挥，虽然言语较少，但从来不违背孔子。接下来，孔子给出自己识人的方法，看一个人的世界观、价值观，以及做事情的方法和心灵的安顿之所，就可以了解这个人。于是，孔子进行总结，说明温故知新就可以为师，可以成"器"，然后对君子的形象做了进一步完善。君子践行自己的话语，就会起到带头作用，榜样的力量是无穷的，人们就会跟从你。君子要周全和顺，不能像小人那样拉帮结派；小人才会只顾自己，用自私的眼光和方法看待事物，处理事情。上下文紧密联系，让君子的形象更加和谐、完美。君子要像木铎，像瑚琏，不能像匏瓜一样中看不中用。总而言之，君子要成"器"，成为有用之器。

温故而知新的"师"是通才吗？不是，只是某一方面、某一领域闻道在先的人，不是知天懂地的全能式人才。"君子不器"，器是具备一定功用的东西，难道君子不是"器"吗？君子要成为一个器，才能成为君子。也就是说，"器"不一定是君子，但君子一定是个优秀的"器"。我认为是这样的，君子不器，表达的就是君子是一个器。古人没有标点符号，只用语气表达，所以读者的理解至关重要。宋儒断句，用了陈述语气，后人加标点符号，也用了句号，把四个字从文中割裂出来，于是产生了不同的理解。穿凿附会者不在少数，但实际上，从上下文的语气和内容分析，明显是反问句"君子不器？"，这样就贯通了原意。世间没有通才，孔子也不培养全才，即使有心也培养不出来。孔子曾经指出自己的几位弟子所擅长的某些领域。

孟武伯问："子路仁乎？"子曰："不知也。"又问。子曰："由也，千乘之国，可使治赋其也。不知其仁也。""求也何如？"子曰："求也，千室之邑，百乘之家，可使为之宰也，不知其仁也。""赤也何如？"子曰："赤也，束带立于朝，可使与宾客言也。不知其仁也。"（《论语·公冶长篇第五》）

孟武伯问："子路仁德吗？"孔子说："不知道。"孟武伯又问。孔子说："仲由呀，可在千乘之国负责军事。不知道他仁不仁。"又问："冉求呢？"孔子说："也可在千室之邑、百乘之家当总管。不知道他仁不仁。"孟武伯继续问："公西赤怎么样？"孔子说："赤呀，穿上礼服站在朝堂上，主管礼仪和外交。不知道他仁不仁。"

这里，孔子明确指出，自己的三位得意弟子可以在哪个领域做得出色。子路擅长军事,冉求长于内政,公西赤适合外交。这些人都是人才,但不是全才。他们至多像子贡一样,是瑚琏一样的人才,是一个"大器",也是一个"好器"。

这也印证了民间责备人的话"真不成器"或"这个人成不了器"。也就是说,没有成才,没有成为人们眼中自立的人。"君子不器"其实是说,君子怎么能不成器呢?君子就要成器!大人物成"大器",小人物成"小器",但不能不成器。

2021年1月3日　庚子年十一月二十

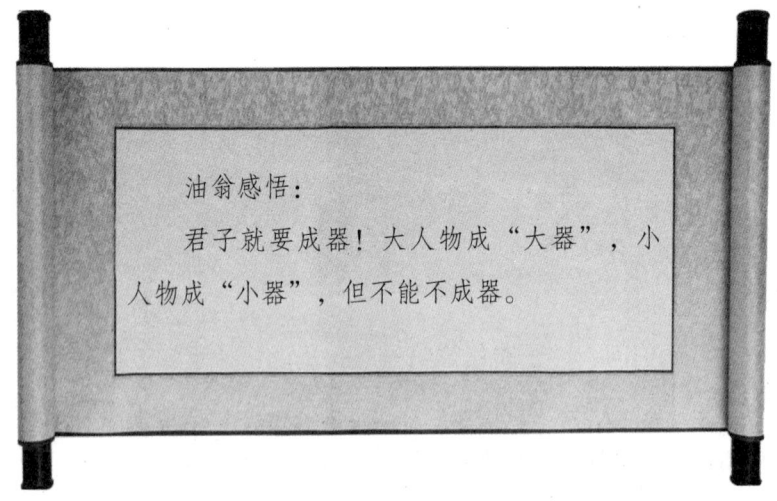

油翁感悟:

君子就要成器!大人物成"大器",小人物成"小器",但不能不成器。

木匠土郎中

《为政篇第二》杂谈（十）

◎卖油翁

父亲四十多岁时，生了一场病，不能下地劳动，大部分时间只能躺在炕上。当时村里有一名赤脚医生，也看不出什么病症。当时，去医院很难，于是，父亲就给自己当起了医生。他不知从哪里找来了一些中医和中草药的书，开始给自己配药扎针。开上药方后，让刚刚十几岁的大姐去邻近的卫生院抓中药，回来让母亲煎药，慢慢地有了效果，病情逐渐好转起来。经过半年喝药调理，父亲的身体完全康复了。

从此之后，父亲就在当地成了一名中医，为不少人治好了病。曾经有一位老人，家里已经准备后事了，父亲过去给吃了两副汤药，竟然治好了，又健健康康地活了十几年。这位老人姓史，是和林格尔县保尔此老村人，老人的后人还在村中生活。

父亲一直有学习的习惯，在学习的同时善于思考。记忆中，父亲经常手里拿本书，有时也跟我说一些医书上的话。

子曰："学而不思则罔，思而不学则殆。"

父亲用一生验证了这句话的正确性。

学习的同时一定要思考，思考的前提和基础是学习。一味地照抄书本，古板地抠解字词，不深入研究理解、融会贯通，就会陷入迷惘的境地；没有扎实的知识储备，凭空臆想，即使整日思考，也只会使自己倦怠而一无所得。

二十世纪五六十年代，农村实行大集体生产，有条件的村庄办起了木业加工合作社。父亲手艺精湛，被推举为木业社负责人。合作社还有一位老师傅，连父亲在内，总共两位老师傅，四五名徒弟。其中有一位年轻人，非常聪明，在木业社待了不长时间，一般的木匠活计还没有学很多，就认为自己学会了。他不想挣徒弟的工分，想着挣大工分。这个小伙子确实聪明，但木业社的工作比较简单，只是做柜子、板凳、修排子车之类，打楼、砍木梨是老师傅的活儿，没有多年的经验功夫是做不好的。他还没有学到维持木匠生存的基本功就离开了木业社，先是试着给自己家盖房子，想着如果能盖成房子，就能独当一面了。没想到看着容易，做起来却完全是另一回事，不仅没有盖成，还得请师傅们帮忙收尾指点。最后，这个小伙子手艺没学成，没有吃上手艺人这碗饭。这就是典型的"思而不学则殆"。

村里有几位年轻的木匠也很有意思。学了两三年木工手艺,结果学成了"二把刀",不能独立干活,总得跟人搭班子。搭班子也是打下手,让他们统筹画线画不了,只能做木工里面最简单的模具工,就是在建筑工地做"支合子"的营生,比壮工的技术含量略高。这些人就是"学而不思则罔"。

我生活的小村子里木工多,不是父亲的徒弟,就是父亲徒弟的徒弟。跟父亲学艺的木工,只要能坚持学满两年,没有不能靠手艺谋生的,都能吃上木匠饭,能独当一面,挑大梁,没有"二把刀"一说。那几个只能打下手的木工,有两个是父亲徒弟的徒弟,有几个是在外地学艺回来的。看来,学与不学、思与不思,与师傅的关系也很大。

我们家很少去买农具,除非是一些必须用模具加工的铁器,否则就不会去花那些闲钱。种地的耧,耕地的犁,铁制的复杂的配件从外面买,木头的部分自己做。一般的家伙什,家里应有尽有。维修更不在话下,父亲经常帮村民们修理各种器具,村民们无以为报,我家有泥水活儿或其他需要人帮忙的时候,人们都不请自到,抢着来帮忙。

父亲的手艺不是来源于某位师傅,他会木匠、毛毛匠,还会吹唢呐、笛子,多才多艺。小时候,他经常对我说:"做甚事都要动脑子,师傅教会的都是死的,师傅领进门,学艺在个人。"父亲十几岁时离家外出,跟别人合伙做营生,一开始打下手,后来就都学会了。这主要得益于父亲的悟性,也是喜欢思考的结果。

学手艺如此,学习知识文化也一样。读死书、死读书的人，不去拓展书里的另一番天地，那就离书呆子不远了。不下苦功，蜻蜓点水式的学习，就不能理解书中的真意；光思考，没有知识积淀做基础，那么所有的思考都是无源之水、无本之木。孔子曾说："吾尝终日不食，终夜不寝，以思，无益，不如学也。"（《论语·卫灵公篇第十五》）圣人如此，我们普通人更是如此，不学习能思考什么，光思考没有学识和见识，又能思出什么？

普通人也好，圣人也好，都得学习和思考。学习是一辈子的事，思考也是一辈子的事。

2021年1月11日　庚子年十一月廿八

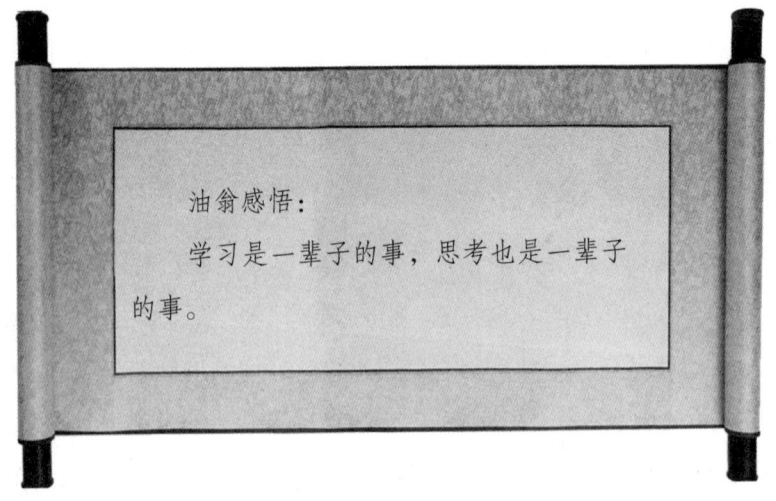

油翁感悟：
学习是一辈子的事，思考也是一辈子的事。

讲台上的落榜生

——《为政篇第二》杂谈（十一）

◎卖油翁

二十世纪八九十年代，如果哪位农家子弟通过了高考这座独木桥，那真是鲤鱼跃龙门。莘莘学子确实有"十年窗下无人问，一举成名天下知"的感觉，从此以后，彻底告别了面朝黄土背朝天的生活。于是，许多农家子弟把考上中专、大学当成人生阶段性的唯一目标。每年高考或中考结束后，考中的学子们喜气洋洋，笑逐颜开，尽情欣赏迷人的命运之花，但也会有不少学生名落孙山，意志消沉。

我初中就读于一所乡下的中学，经常看见一位二十多岁的年轻人，不时地来校园里转悠。在学生们上自习课时，他会突然闯进教室，站在讲台上讲起课来，声情并茂，条理清楚，看不出有什么异样，讲课水平赢得学生们的赞叹。讲上一会儿，他又离开教室。据说这位同学是县一中毕业的，因相差几分没有考上大学,受了刺激,精神失常了。他忘记了很多东西,但没有忘记学过的书本知识,所以偶尔跑到学校里讲课。讲课的时候,他好像恢复了正常,离开讲台后,又成了人们眼中的神经病。

初中时有一位同学,高考落榜后出走了,至今杳无音信,不知道去哪里了。

两位同学性格偏激,看问题极端,把考学当成实现生活目标的唯一路径。他们甚至还不如《儒林外史》中的范进。范进中举后喜极而疯,是老丈人胡屠户一个油腻的耳光使之清醒,缓过劲来后马上就和乡绅们称兄道弟起来,后来仕途顺利,风光无限,官至学政。范进屡试失败后还能在艰难中坚持生活,抱着一只鸡勇敢而木讷地在集市上售卖。但有的人却没有面对失败的勇气,何苦呢!人生何处不青山,通往罗马的路就一条吗?

子曰:"攻乎异端,斯害也已。"

性格偏激,专门研究异端邪说,这是祸害呀!

中庸之道,才应该是我们不懈追求的。

每个人的成长过程都不是一蹴而就的。从出生到长大,享受一样的阳光,汲取的是不一样的营养,就像禾苗一样,不能等到快要收获的时候才去浇水、施肥。适时而教,才能培养正确的世界观、人生观。事情发展到尽头时才想起来处理,为时已晚。在《易经》里有一句话:"八月有凶。"为什么八月有凶呢?不是说八月太阳不出来,或者太阳永远光明,没有一次阴天,而是说八月已经是收获的时节,不适宜再浇水和施肥了。错过了时节,奋斗的意义就不大了,这时候的努力,就是追求其"端"。

孔子语重心长,有着切身的思索和体会。

孔子非常崇拜舜,舜就是这样做的。

子曰:"舜其大知也与!舜好问而好察迩言,隐恶而扬善,执其两端,用其中于民,其斯以为舜乎!"(《中庸》)

舜是有大智慧的人!舜之所以能成为被百姓传颂的千古一帝,就是因为喜欢提问、请教,并善于分析别人的话语。隐恶而扬善,把握事物的两端,把中庸的道理用在民众的身上。

舜做人做事的原则,也是孔子追崇的榜样,孔子用一生来学习和践行,"学而不思则罔,思而不学则殆",于是,孔子发出千古感慨:"攻乎异端,斯害也已。"

相信异端邪说,被别有用心者诱惑,致使许多人走上了不归路。传销,在没有加入之前,人人痛恨,欲诛之而后快。但一旦加入就会陷入而不能自拔,总相信自己会发大财。被洗脑后,不认为自己的所作所为有过错,反而认为是自己发财,也成就别人发财。相信这套歪理邪说后,在拉人头时,即使是面对至亲,也毫无愧疚之感,结果害人害己,多少人血本无归。这就是典型的"攻乎异端,斯害也已"。像这种传销邪说,对人的心灵的祸乱和摧残是没有底线的。陷入其中之后,没有亲情,失去道义,失去了做人起码的准则。

　　这些人甘于受骗,陷入迷梦不能自拔,金钱诱惑是一方面,不遵守"君子爱财取之有道"的基本准则,唯利是图也是一大因素。现实中很多活生生的故事让人们对财富的获得方式产生了认识上的迷惘。传销的暴富神话激荡着清脆的声音,成了他们日思夜想的歌声,最后骗子骗了钱财撤出,留下一地鸡毛让众多传销人肝碎梦断,含着悲声向天无语,问地无声,凄凄惨惨,长吁短叹。

　　多学习,勤思考,实事求是,用热情和诚实对待每天的阳光,就会在熙熙攘攘、生生不息的人流中保持自己,充实自己。

　　子曰:"吾有知乎哉?无知也。有鄙夫问于我,空空如也。我叩其两端而竭焉。"(《论语·子罕篇第九》)

　　孔子说:"我有智慧吗?没有。有一个普通人来问我问题,我一点儿也不知道。我只能从问题的两端尽力了解。"

　　诚实和谦虚是美好的品德,孔子更是身体力行地坚持这一原则。"知之为知之,不知为不知,是知也。"世界上没有全能全知的人,在知识的海洋面前,人类永远是海边捡贝壳的一名孩童。承认这一点,是个人前进的基础,使人类社会走向美好。因为人的精力是有限的,分析问题、解决问题就要具体情况具体分析,不能走极端,要"叩其两端而竭焉"。也就是找到问题,然后正确地解决问题。这种方法是儒家的中庸思想，是一以贯之的解决问题的正确方法。如果钻牛角尖，就会步入歧途，甚至"斯害也已"。

2021年1月20日　庚子年十二月初八

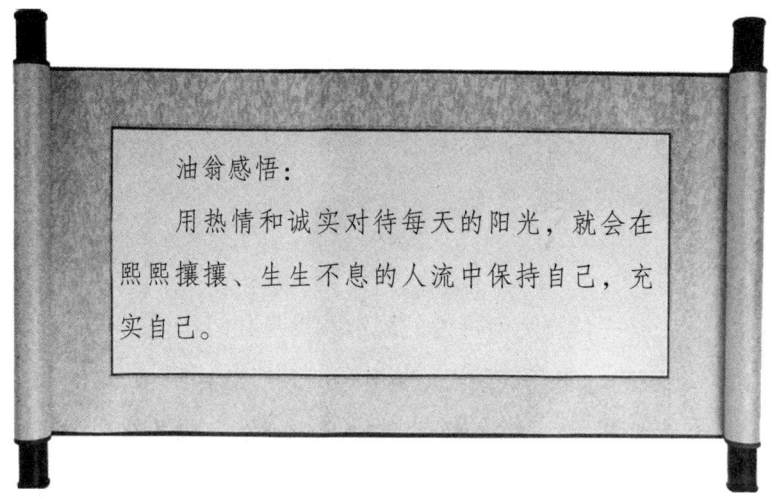

油翁感悟：
用热情和诚实对待每天的阳光，就会在熙熙攘攘、生生不息的人流中保持自己，充实自己。

可爱的子张

◎卖油翁

《为政篇第二》杂谈（十二）

    子张是一位直爽而可爱的同学，投身孔门就是想学成之后能得到好工作，获得高收入。毕竟每个人都要生活，解决生存问题是人之常情。人是铁，饭是钢，一顿不吃饿得慌，这和高低贵贱没有关系。不管你是阳春白雪还是下里巴人，新陈代谢的规律不可改变。于是，子张向老师请教"学干禄"，孔子循循善诱，耐心指点，真可谓一字千金。

    子张学干禄，子曰："多闻阙疑，慎言其余，则寡尤；多见阙殆，慎行其余，则寡悔。言寡尤，行寡悔，禄在其中矣。"

    "禄"，可以理解成物质和精神的双重收获。子张想学习如何求得俸禄。孔子说："多听，有怀疑的地方先放一放，其余有把握的也要谨慎地说，就会少出错误；多看，有不懂的放在一边，谨慎地先做有把握的。说话少过错，做事少后悔，俸禄就在其中了。"

"多闻阙疑，慎言其余，则寡尤。"老子说："多言数穷，不如守中。"言多必失，祸从口出。每一句话，当你没有说出去的时候，你是主人；当你说出去以后，你就是这句话的奴隶。没有任何方法可以让你发出去的声音消失，你要为你表达的意思负责。一定要多听，谨慎地说出有把握的观点。吃饭和说话是最平常不过的事，但是吃多了会撑着，吃少了会饿着。说话也一样，不说，表达不清自己的想法，没办法和他人沟通；说多了，废话一堆，也会让人反感，甚至引起怨恨。一句话可以成事，也可以败事。正因为如此，才有了"沉默是金"的说法。写文章也一样，文章就是作者的话，表明作者的观点和看法。写文章和说话还有区别，那就是涉及面不同。传统的说话方式，接受的范围有限，影响也不太大。但文章不一样，白纸黑字，受众范围广，传播时间长，也许某个观点会影响一批人，甚至几代人。所以，从事文字工作的人，对自己表达的内容和观点要慎之又慎。

没有调查就没有发言权，不调查分析，行动起来就是眉毛胡子一把抓。"凡事豫则立，不豫则废。"（"豫"也作"预"）做一件事情，没有搞清楚原委，唐突地去做，就会给后悔和失败埋下伏笔。只有"多见阙殆，慎行其余"才能"寡悔",否则适得其反。"风萧萧兮易水寒,壮士一去兮不复还。"荆轲刺秦王,终不如愿;关羽勇冠三军,但狂傲自大,败走麦城;马谡熟读兵书,跟随诸葛亮南征北战,见识不可谓不广,但生搬硬套,没有将兵书中的"置之死地而后生"用好用活,不听劝导,用兵不慎,没有立营于道路当中,而是在山上扎营,致使街亭失守,一败涂地。

谨慎有余也是不可取的。这也许是许多缺乏创新的人的通病。过分了就是怯懦,诚惶诚恐,因噎废食,只能一事无成。

保留疑问,谨慎行事,跟创新精神没有冲突。"天行健,君子以自强不息",勇于前进、不断创新是一种积极的精神,也是时代进步的动力。"地势坤,君子以厚德载物",良好的品德是成就一切的基础。"慎"是内心真诚地做和说。不是不去做,也不是不表达,而是告诫人们,不乱说,不去做没有边际的事。要细致了解,仔细思考,不打无准备之仗,不说不经过大脑的话,这样才能减少障碍,有所作为,而这一切都离不开实事求是、诚实守信的态度。

> 子曰:"由,诲女知之乎!知之为知之,不知为不知,是知也。"

这是孔子对弟子的谆谆教诲,也是传诵几千年的至理名言。诚实是优秀的品格,不懂装懂是更大的无知。在学习、工作和生活中,不说谎,以诚待人,一定会赢得真心的朋友。做一个善良而诚实的人,即使在短时期内不被人理解,最终也会获得大家的信任。无论如何,不能成为南郭先生,滥竽充数,贻害终身。知识的海洋浩瀚无穷,从古至今,没有谁能通晓一切,总会有不知道和不懂的地方。闻道有先后,术业有专攻,如是而已。

圣人的话具有千钧之力,在历史的天空中熠熠闪光。千百年来,沧海桑田,概莫能外。最后,让我们再温习一下圣人的教诲吧:"言寡尤,行寡悔,禄在其中矣。"

2021年1月24日　庚子年十二月十二

油翁感悟:
谨言慎行,禄在其中。

春风送暖

◎卖油翁 《为政篇第二》杂谈（十三）

古人以孝治天下，孝悌的观念深入人心。孝的主要内容是辈分和亲情，孝是晚辈对长辈的尊敬和爱护，悌是同辈手足之情，集中表现为兄弟友爱。把这种孝悌观念扩展到政治上，就是以仁爱治理天下。

或谓孔子曰："子奚不为政？"子曰："《书》曰：'孝乎惟孝，友于兄弟。'施于有政，是亦为政，奚其为为政？"

问话的人代表了当时许多人的看法。孔子游学列国，未得重用，有的人还用丧家之犬形容他，可见人性的短视和卑劣不是当今才有，而是自古有之。圣人也会遭受相同的命运，冷笑、讥讽伴随孔子的一生。从这一点上看,从古至今,人心的险恶程度和相处规则从未改变。人人都是别人评价的对象,或褒或贬,谁也无能为力。"沧浪之水清兮,可以濯我缨。沧浪之水浊兮,可以濯我足。"

圣人没有直接回答,而是引用《尚书》里的话反驳。孝的思想和行为是高尚的,只有做到了孝,把孝悌的道理施于政事,也就是从事政治了。"我"主张孝道,孝的观念已如春风一样吹拂人心,像暖阳一样把金光洒满大地,这不是为政吗?"我"个人的能力有限,可有那么多弟子在各国参与政事,这是多么广阔而博大的为政啊!你怎么能说"我"不为政呢?

鲁国权臣季康子,曾经向孔子请教如何为政,如何让老百姓既尊敬他又忠于他。孔子从忠、孝的角度对他进行指点。

季康子问:"使民敬、忠以劝,如之何?"子曰:"临之以庄,则敬;孝慈,则忠;举善而教不能,则劝。"

季康子问:"让百姓对当政的人恭敬、忠诚并互相勉励,该怎么做?"孔子说:"用庄重的态度对待他们,他们就会尊敬你;你孝顺父母、慈爱弱小,他们就会忠于你;任用贤能之士,教化能力低下的人,他们就会互相勉励,努力工作了。"

季康子充满了对权力的渴望,又因害怕失去而焦虑。孔子的回答充满了大义,浩然之气充塞于天地之间。

对待百姓要庄重，表示自己的诚心，用真诚换真诚，就会得到相应的尊重，民众就会敬重你。坚持孝的原则，用慈爱的态度对待百姓，人们就会忠心耿耿。在人事方面，选拔举荐心地善良的人，教化培养能力不足的人，使他们能够适得其所，他们就会努力上进。如果能做到这些，你的愿望就实现了。

季康子是鲁国权臣，作为朝政大员，问政于孔子。孔子言简意赅地指出，首先要"临之以庄"，互相尊重。想让别人尊敬你，你得先敬重别人。

其次要"孝慈"，榜样的力量是无穷的。推己及人，对待百姓要有仁慈之心，不能刻薄寡恩。为政者善待大众，就能获得民心。

"举善而教不能，则劝。"孔子认为，执政者任人唯贤，贤德之人得到任用，能力差的人也能得到培养，就会形成相互勉励、携手进步的文明风气。

"上不正，下参差"，身子斜了，影子肯定是歪的。若想人敬，先要敬人；想让百姓尽忠，自己得是忠孝之人；想让百姓勤勉互助，得有一个良好的社会环境。

孔子虽不亲身为政，但他的思想照亮了人们的为政之路，为人们指明了方向，开辟了祥和的仁政之光，让"仁"的思想大放光芒。

《大学》里说："欲治其国者，先齐其家；欲齐其家者，先修其身；欲修其身者，先正其心；欲正其心者，先诚其意。"家国不可分，维持家庭的纽带是亲情和孝道。家庭伦理关系维持家庭的延续，国家是家庭的延伸。以"孝悌"为基础的"仁政"，是孔子的最高理想。

诸葛亮在《出师表》里说："亲贤臣，远小人，此先汉所以兴隆也；亲小人，远贤臣，此后汉所以倾颓也。"

权力的服是霸术，道德的服才是王道。服与不服，在德不在力。

武则天问武三思，谁是朝中忠臣？武三思说，跟我好的就是忠臣。武则天说，你这是什么话？武三思说，不认识的，我怎么知道他好不好呢？

当局者迷，旁观者清。

处在权力中心，听到的是奉承和顺从的话，时间久了就会飘飘然，迷失自己，甚至搞不清一些简单的问题和道理。久而久之，平常的道理也会被他们遗忘。

哀公问曰："何为则民服？"孔子对曰："举直错诸枉，则民服；举枉错诸直，则民不服。"

把直的放在弯的上面，弯的也会慢慢变直；把弯的放在直的上面，时间长了直的也承受不住，也会变弯。直为"正"，弯为"邪"。正压邪，则民服；邪压正，则民不服。

这是亘古不变的真理，也是浅显平常的道理。堂堂鲁国国君，还需要孔子这样启发吗？可见在上位久了，有些基本的生活常识和道理都忘记了，需要有人提醒才能想起来。毕竟，历史上出现过"何不食肉糜"的君主,也有吃一颗鸡蛋需要数两银子的皇帝。

光辉的思想传播开来,指导人们的言行,并且体现在为政者的行动中,这是多么伟大的为政呀!

2021年2月13日　辛丑年正月初二

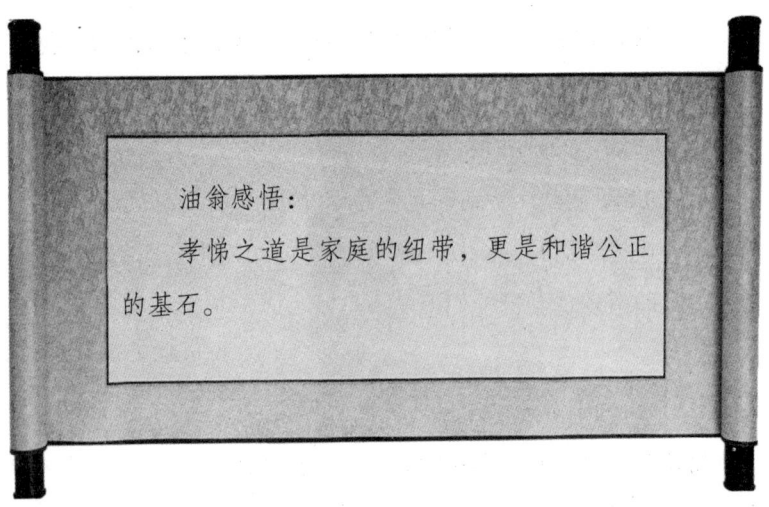

油翁感悟:
孝悌之道是家庭的纽带,更是和谐公正的基石。

火树银花

《为政篇第二》杂谈（十四）

◎卖油翁

二〇一〇年，我进入榨油行业，专门生产亚麻籽油，当地人叫作胡麻油。

胡麻油是一种营养丰富的食用油，是西北、华北地区的主要食用油。从张骞出使西域带回来胡麻种子，直到现在，在华北、西北地区都有种植。吃惯胡麻油的老农们，永远中意那缕缕醇香。如今，虽然色拉油大行其道，但拌饺馅、调凉菜、淋明油、煲汤等还是胡麻油好，其他植物油可不能与之比拟，那浓浓的香味永远是我的最爱。

胡麻油的加工生产方式也经历了时代的陶冶。中国人最早生产的是芝麻油，北方叫香油，南方俗称麻油。三国时期，就有了芝麻制油的技术了，据陈寿《三国志·魏志》记载："孙权至合肥新城，满笼驰往折松为炬，灌以麻油，从上风，火烧贼攻县。"那时的麻油是将芝麻籽用石臼法生榨而成。《北堂书钞》引用晋朝《博物志》说:"外国有豆豉法,以苦酒浸豆,暴令极燥,以麻油蒸讫,复暴三过乃止。"这是目前已知芝麻油用于饮食的最早记录,距今已有一千六百多年了。胡麻籽和芝麻是两种不同的油料作物,但从它们身上获取油脂的方法和原理是一样的。最初人们都是通过砸碎胡麻籽获取油脂,可胡麻的产量大,胡麻油的需求量也大,必须从生产工艺上有所提高才能满足当时的食用需求。随着古人认识的提高,开始用木头挤压法来生产胡麻油。大约六七百年前,用木头压榨的榨油机械就出现了。当时有两种机械装置:一种为大梁压榨,用一根直径三十厘米以上,长至少八米,甚至达十二米的硬杂木,采用杠杆原理挤压;一种为楔榨,把整段硬杂木中间掏空,把原料炒熟磨碎后,包成圆形的油坨,排列整齐放在里面,用木头楔子挤紧,然后用油锤击打楔子,直到出油。这种压榨方式到二十世纪八十年代,在农村里还相当普及。

随着时代的发展,有了铁制的榨油机,生产效率提高了,但油脂的品质却降低了。二十世纪初,一种新型的油脂获取方式高调亮相了,获得高出油率,最后用各种方法处理,其成品就是人们现在吃得较多的色拉油。

任何行业,任何职业,都有发扬、遗弃、保留的过程。植物油是人们必须使用的,过去如此,现在如此,将来亦如此。只不过千百年来,原料的种植、油脂的加工生产、市场等诸多环节发生了不少变化,但种植的基本要求、生产加工的基本原理、销售的本质需求都没有变化。有变动的，也有一直不变的，榨油如此，很多事都是如此。

> 子张问："十世可知也？"子曰："殷因于夏礼，所损益可知也；周因于殷礼，所损益可知也。其或继周者，虽百世可知也。"

中国文化的"世"是一个年代单位，一世为三十年，十世就是三百年。在这段文字中，"世"是一个抽象概念，表示很长一段时间，"十世"表示年代久远。

子张问："以后十代的礼制可以知道吗？"孔子说："殷朝的礼制承袭于夏代，其中增加和减少的是可以知道的；周朝的礼制继承于殷代，其中增加和减少的也是可以知道的。将来继承周代的，就是在一百世以后，也是可以预知的。"

中华文化源远流长，悠悠五千年，是世界上最灿烂的文明。读史可以明智，借鉴过去，夯实现在，畅想未来。遵循历史的轨迹，找寻未来的光明。继承和发展是永恒的主题，没有完全消失的过去，也没有无缘无故的未来。国家如此，民族如此，个人也如此。传统文化就是在一个系统中慢慢地发展和前进的。在变化中继承，在变动中保持，在历史长河中华丽转身为时代的篇章。

继承和发扬是优秀的传统。继承不是无条件地全部接受，而是要合于时代的步伐。悖于时代，甚至成为糟粕的东西，就让它淹没在历史长河里。与时代的节拍共振的,将在新的历史时期绽放美丽的光彩。学习历史,从古人的沧海桑田中体味先哲的智慧,体味先民的苦难和幸福、欢乐和痛苦。没有对比,就没有长短,没有对比就不知道生活的苦辣酸甜,柴米油盐都是历史的记忆。

历史不仅仅是朝代的更迭,政治家的纵横天地,更是琐碎的生活之歌,也是劳动人民适应自然、改造自然的英雄之歌。"人民才是历史的主人"这一真理响彻天宇。

所有文明都离不开连续性的传承、累积和发展。遵循历史规律,是老祖宗们生存的根基。汉承秦制,继承秦朝的政治管理制度,但是把秦朝的严刑苛法和役民无度去掉了,改为道家的无为而治,实行休养生息的政策,使汉朝经济发展,国力增强,人口增加。继承一定是扬弃的,也就是"损益"。唐朝继承隋朝制度,宋朝继承唐朝制度,都是既有继承也有变革。

一场风雨,总有开始的地方;一棵大树,总是从一颗小小的种子开始,生根发芽、茁壮成长。但风雨终究是风雨,绵绵如细雨煦风,壮烈如北风狂雪,只是风雨的不同方式罢了。树木终究是的树木,只是生于淮南和淮北的问题,但它还是本来的橘树。虽然现在有人工嫁接,但树木的本性还会顽强地保留着。文化也一样,打断骨头连着筋,血脉相连。只要文化在,人就在;人在,文化就在。《中庸》里说:"继绝世,举废国,治乱持危,朝聘以时,厚往而薄来,所以怀诸侯也。"中华文明传承几千年,闪耀于历史的星空,灿烂于当下的时代,必将在未来的世

火树银花

纪里熠熠生辉!

2021年2月26日　辛丑年正月十五

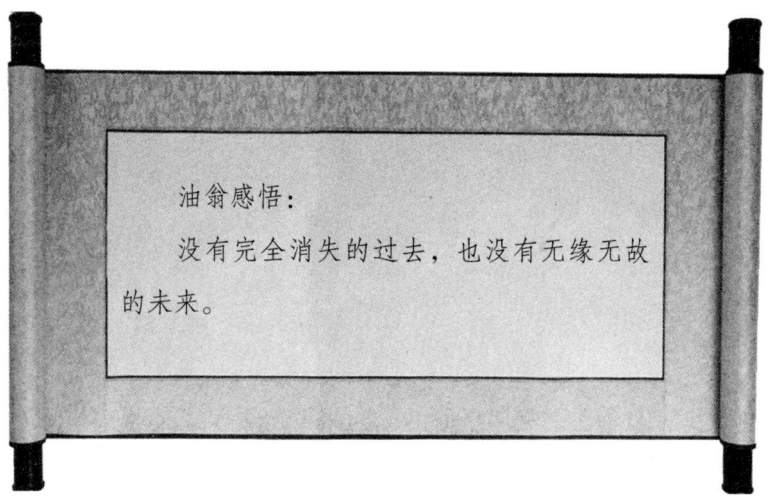

油翁感悟:
没有完全消失的过去,也没有无缘无故的未来。

故乡的云

◎卖油翁

《为政篇第二》杂谈（十五）

    我的家乡在土默川平原的东南部，这里曾经是风吹草低见牛羊的草原。清光绪年间，从山西走西口的"口里人"陆续从杀虎口来到口外，先是春至秋归，像大雁迁徙一样，所以被当时的人称为"雁民"，后来逐渐定居，形成村落。因此，在这一地区，我没有见过一个历史悠久的祠堂。一个家族的弟兄从"口里"出来，在这里定居的时候，有的住在一个村庄里，有的分开在几个村庄。这就出现了一些问题，比如在哪里供奉祖先，如何供奉，如何传递后世子孙对祖先的思念和孝心。中国人重土安迁，不到万不得已谁也不想离开家乡。被生活所迫的人，不得已走西口，但心中的故乡割舍不断，特别是西口移民的第一代，思乡更切。故乡的山，故乡的水，故乡的一草一木都是他们梦中的牵挂。搬不走的山川，割不断的思念，对先人的凭吊只能遥寄，再不能坟前烧纸尽孝，更不能全族聚集在祠堂里，祭奠先祖。

于是，这里就出现了一种特殊的祭祀形式：供云。

关于"供云"的"云"字，我没有找到标准答案，到底该写作哪一个字，但据我的理解，应该是这个字。"云行雨施，品物流形。"一捧水，可以是接天连地的雨丝，也可以是天上悠悠的一朵白云；可能来自大海，也可能来自故乡门前的小河。那天上的白云，寄托了游子多少乡愁。这朵云也许是从家乡飘来的，带着家人的关切和祝福；那朵云带着游子的思念，飞回家乡。

"云"是用一块宽一米、高一米二三的白土布制成，需要请专门的画匠制作。漆以底色后，将整块布分成长方形的小块，然后在最上方写"口里"老家祖先的名字（一般上溯到爷爷辈，最远不超过五服），然后在祭祀的日子里供奉起来。家族里的老人走完了人生里程，要把名字填上去。写名字也是有讲究的，必须过了三周年以后才能"上云"。实际上，这也是续家谱的一种形式。人们从"口里"出"口外"，以这种方式寄托哀思，延续亲情。二十世纪九十年代，农村人家娶媳妇都是在家里举行，还没有酒店穿白婚纱一说，新娘子还是一身红衣红袄。一个家族里，谁家娶媳妇，举行典礼的时候都要"请云"，即把自己家族的"云"，从家族里别人的家里请到自己家里供奉。新郎新娘首先要叩拜"云"，然后才能进行其他仪式。直到家族里再有娶媳妇的人家，把"云"请走。

除了在结婚的时候"请云"，过年时也会供奉"云"。从大年三十开始持续到初三（有的人家是初四，也有初五的，各个家族不一样）送"云"。"送云"前,把"云"卷起来,收藏好,然后把春节里的供品送到家族坟地祭拜。大家族的"云"供奉在家族里的一户人家里,在没有送"云"的期间,每家每顿饭都要留一点供云。这是过年期间的一件大事,家里的大人们都很重视,往往是由孩子们去"供云"的,这也让孩子们从小就懂得了孝道。娃娃们绝对不会走错路,不会供错"云"。

子曰:"非其鬼而祭之,谄也。见义不为,无勇也。"

孔子说:"不是自己的祖先而去祭祀,是谄媚。见到合乎义的人不尊重,合于义的事不去作为,是没有勇气。"

祭祀的一定是自己家的鬼,也就是自己家的祖先。试想一下,这么大的事情,怎么可能去别人家呢?所以孔子发出了这样的感叹。

祭祀是古代的一件大事,是文化生活的重要内容,也是古人传承文化的重要方式。古人的教育资源掌握在少数人的手里,普通人很少有接受教育的机会。大部分人对文化的认知,对祖先文明的认同,都是通过祭祀活动获得的。祭祀的时候,场面隆重,庄严肃穆。从天子祭天到民间祭祀,都是参与者难得的学习机会,无不增长人们的见识,更是传承家国之情、增强血脉亲情的实践之所。

历史上的"所祭非鬼"当数后晋的石敬瑭。他称辽国皇帝为"父皇帝",自己为"儿皇帝"。这就是为了私利而谄媚的行为。

"非其鬼而祭之,谄也。"当然,这和礼节性地参与别人家的祭祀有本质区别。礼节性地参与是尊重和感恩,表达自己对主人的真诚之心,而不是谄媚奉承。祭天祭地祭祖宗,实际上是对美好希望的寄托,是传承文化的方式。不祭自己的祖先,而去祭祀别人的祖先,不是向别人献媚吗?该做的事不做,不该做的事却心甘情愿地去做,一定是有不可告人的目的。

不管祭祀的是谁,都要依据自己的内心,态度真诚地祭祀。

祭如在,祭神如神在。子曰:"吾不与祭,如不祭。"(《论语·八佾篇第三》)

祭祀祖先时,好像祖先真的在面前;祭神的时候,好像神灵真的在面前。孔子说:"我如果不亲自参加祭祀,祭了就跟不祭一样。"

如果仅仅流于形式,没有虔诚的态度,甚至都不亲自参与祭祀,那还不如不去。诚信是做人的根本,本立而道生,心诚则灵。"诚者,自成也;而道,自道也。诚者,物之终始,不诚无物。"(《中庸》)

态度是一切行为的基础,由此我想到了孔子的一句话:"不在其位,不谋其政。"这句话可以演化出好几个版本:

在其位，谋其政；不在其位，不谋其政。

在其位，不谋其政；不在其位，谋其政。

做自己分内的事，做好本职工作，是做人的基本要求。帮助别人，一定要尊重对方的意愿，尤其是一起工作和相处的同事或朋友，即使是出于好心的帮忙，也要有范围，不能过度。有些事是不能帮的，越帮越乱。同事如此，朋友如此，亲人亦如此。如果过分了，就会适得其反。比如一起工作的同志，自己完成工作后，没有经过别人同意就把他的工作也做了，同事没有想法才怪。要是偶然一次，同事有事或者工作有漏洞，你帮忙，他会感激你，会加深你们之间的友谊，但如果你老抢着做同事的工作，就容易产生矛盾。

"见义不为，无勇也。"《中庸》里说："义者，宜也，尊贤为大。"义是合适的，适宜的。"勇"字里有力，是有胆量、敢做的意思。但暴虎冯河，匹夫之勇，孔子不为也。儒家的"勇"是大勇，是符合"仁、义、礼、知"的。看到了不义的行为，不去作为，是无勇。合于义而为，才是真正的勇。尊重贤能，向品德好的人学习，向有才能的人学习，是勇；不去学习，不培养学习能力，是无勇；做符合实际情况的、合适的事，是勇；懂得忠恕之道，知道礼义廉耻，是勇。

子曰："好学近乎知，力行近乎仁，知耻近乎勇。"（《中庸》）

见义不为，当为不为，为人所不齿；见义勇为，敢作敢为，是美好的品德。在时代的浪潮中，勇于承担，尽力而为，是真正的勇者。

继承前人的遗志，开创伟大的事业，在五千年文明的光辉里，让我们向着未来奋勇前行吧！

2021年3月3日　辛丑年正月二十

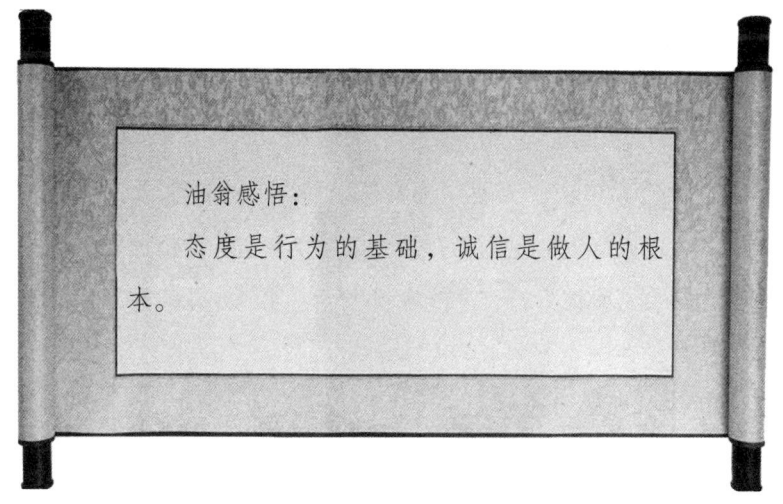

油翁感悟：

态度是行为的基础，诚信是做人的根本。

鼓乐声声

《八佾篇第三》杂谈（一）

◎ 卖油翁

　　《中庸》里说，人要"素其位而行"，己所不欲，勿施于人。人之所以为人，是因为知礼、懂礼，知道礼的精神。在礼的规范和约束下身体力行，才能享受当下，才能在花前月下吟诵明朗的诗歌，在阳光下沐浴蓝天白云。

　　礼包括哲学和社会关系，主要有三个方面的内容。一是国家和社会的法律规章制度，二是人与人之间的行为礼法，三是礼仪和礼貌表现。礼就像空气一样存在于我们身边。没有礼，社会就会杂乱无章，各种犯罪行为也会层出不穷，社会不得安宁，进步和发展更是无从谈起。

　　礼是人们行动的准绳，言行的标准。不遵从，就是失礼、非礼，越过了底线，就是僭越。

　　在古代，僭越是大逆不道之罪，视同谋反。历史上因此招罪的不乏其人。西汉名将周亚夫，因为一件蠢事引起了汉景帝的不满。周亚夫的儿子买了五百件皇宫御用盔甲盾牌，准备将来给父亲殉葬。皇帝得到消息后，将他下狱。不管周亚夫本意如何，事实上就是僭越行为。一代名将就此陨落，在狱中绝食而亡。

历史总在不断地重演。曹操僭越，甚至"参拜不名、剑履上殿"，曹丕废汉献帝自立，建立魏国。立国仅四十余年，司马氏父子就篡夺朝政，戮杀曹氏子孙，建立了晋朝，八王之乱毁坏了其根基。之后被权臣刘裕效法，废掉东晋皇帝司马德文，司马家族哀鸿遍野，刘宋建立。之后，萧道成、萧衍、陈霸依样画葫芦，先后废掉了刘宋、齐朝和梁朝皇帝。哪一次不是血流成河，生灵涂炭？他们以自己的贪欲无礼，为下属树立了"榜样"，虽然满足了自己的欲望，却给后代打开了地狱之门。当时机成熟时，下属们照葫芦画瓢，滥杀前朝君王之后，毫无愧意。

春秋时期，鲁国发生了几件令孔子十分生气的"僭越"事件。

季孙氏、孟孙氏、叔孙氏三家掌握鲁国大权三百多年。他们无视鲁国国君，无视周天子，在祭祀自己的祖先时，演唱天子的专用诗歌——《雍》，这样的行为也给他们种下了祸根。上行下效，季孙氏的家臣阳货就给他们来了一个现世报。

> 三家者以《雍》彻。子曰："'相维辟公，天子穆穆'，奚取于三家之堂？"

孟孙氏、叔孙氏和季孙氏三家祭祖完毕后,唱着《雍》撤除祭品。孔子说:"《雍》诗中说的'相维辟公,天子穆穆'怎么能用在三家的庙堂上呢?"

三家使用天子的撤席乐曲,是对鲁国国君的藐视。《雍》不是三家所能享受的,而是天子专用的。即使是鲁君,也没资格使用,何况国君下面的权臣?

孔子谓季氏八佾舞于庭:"是可忍也,孰不可忍也?"

孔子谈到季孙氏时说:"用八佾在自家庭院中奏乐舞蹈,这样的事情都忍心去做,还有什么事他不忍心做呢?"

周朝时期,贵族享用乐舞的等级有明确的规定,即天子礼乐用八佾,诸侯六佾,大夫四佾,不得擅自越级。

作为大夫的季氏,只能用四佾,但他无视王权和君权,擅用八佾。于是,孔子发出"是可忍孰不可忍"的愤怒呼声。

春秋末期,礼崩乐坏。违反周礼、犯上作乱的事情时有发生。季氏八佾舞于庭是典型的破坏周礼的行为,是"僭越"一词活生生的注解。

在鲁国正卿季氏家里,八队艺人笙歌曼舞,鼓乐声声。高台上的季氏贪婪地欣赏着本不该在他家里上演的歌舞,内心欲望的满足,身边家臣和豪奴的谄笑、奉承让他如在云端。殊不知,上梁不正下梁歪,他这些得意之举牢牢地嵌在了家臣阳货——一位野心家、阴谋家的心里。后来,鲁国大权落在阳货手里,出现了大臣家奴治国的现象。

于是,孔夫子悲慨感伤,发出了灵魂拷问。

  子曰:"人而不仁,如礼何?人而不仁,如乐何?"

孔子说:"人没有仁,怎样对待礼呢?人没有仁,怎样对待乐呢?"

礼、乐都是文明的反映。仁者,人也,亲亲为大,是人文的基础。乐是内心快乐的表达。礼、乐的核心是仁,本质是敬畏。没有内心的仁,再豪华的礼、再高亢的乐也是苍白的。

当一个人僭越礼仪,做出了和其身份不相称的事,一定有有其自身和其他的原因。他的僭越行为是内心向外的膨胀,是超过自己身份和地位学识的野心和欲望。

秩序是一切存在的基础。没有秩序,世界就是一锅浆糊。大到宇宙,小到个人生活,都离不开秩序。

从古至今,文明的过程也是秩序发展的过程。这种秩序不仅是简简单单的表面规则,更多的是根植于内心的思想,是文明的反映,也是社会的黏合剂。这种秩序,用中国文化来描述,就是"礼"。它随着时代的发展而变化,切实而富于理性、庞大而深邃。一个人的文化精神、内在修养是立身之本,外在的礼乐形式如果没有内在的"仁"的支撑,便苍白无力。

让我们牢记《礼记》里的这段话吧：夫礼者，自卑而尊人。虽负贩者，必有尊也，而况富贵乎？富贵而好礼，则不骄不淫；贫贱而好礼，则志不慑。

2021年3月28日　辛丑年二月十六

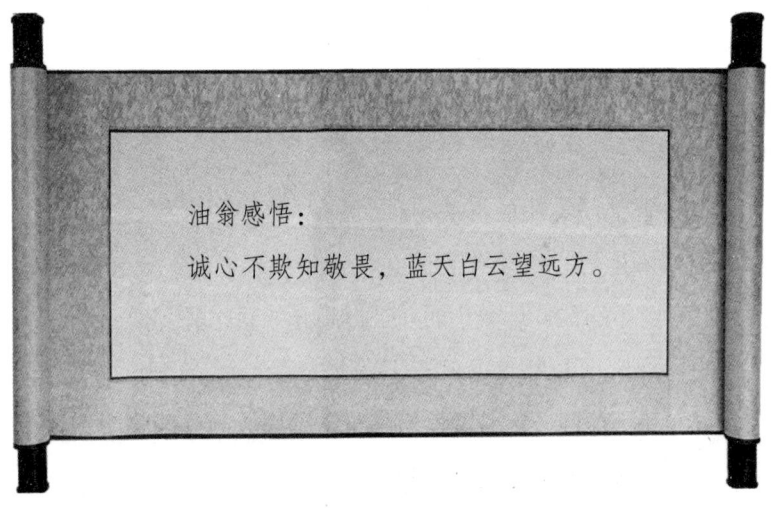

油翁感悟：
诚心不欺知敬畏，蓝天白云望远方。

林放问礼

《八佾篇第三》杂谈（二）

◎ 卖油翁

老子说："吾有三宝，持而保之。一曰慈，二曰俭，三曰不敢为天下先。""俭"作为道家三宝之一，简单、朴实而富于生气。它就像潺潺溪水，欢快地唱着清灵的诗歌，更像蓝蓝的天，容得下七色彩虹。"俭"和"奢"相对，家财万贯，即使自己的经济能力能够承受，奢侈浪费也是可耻的，更不要说超过自己的能力了。"俭"和"吝啬"是两回事，"吝啬"是扭曲的物质观，是对"俭"的偏颇理解，是不健康的。

> 林放问礼之本。子曰："大哉问！礼，与其奢也，宁俭；丧，与其易也，宁戚。"

林放问礼的根本。孔子说："问题很大啊！礼，与其奢华，不如俭朴；治丧，与其铺张，不如悲戚。"

俭的本意是节省、不浪费，如俭省、俭朴等，延伸出来，就是一种生活态度了，标准是内心不自欺，就是内外一致的"诚"。"俭"就是"心诚"和"身诚"一致，是几千年来儒家弟子的向往和追求。建立在"不欺心"上"俭"，就是中庸的生活态度。中庸不是消极的，相反，是积极的、火热的。坚持中庸的生活态度的人，不是"乡愿"，不是和稀泥。孔子曾经说："乡愿，德之贼也。"

"俭"的思想言行发生在一定的范围中，用"止"和"度"这两个字来解释，再贴切不过了。知道"止"就能够停下来，就懂得在实现自己的利益、满足自己的需求时，兼顾他人。如果伤害了别人的利益，即使是以俭的态度来使用自己获得的超过合理部分的物质，也是不道德的。比如，自由是美好的，但在享受自由的时候，妨碍和损伤了别人的自由，就是无理取闹。"俭"的人性是光辉、明朗和乐观的，是有"度"的。坚持"俭"的原则的人，在物质和精神方面能够伸缩自如，不伤害别人拥有的物质和获得感。"俭"是与人同乐、与人为善，正所谓"独乐乐不如众乐乐"。

首先想到的是别人，也就是自己想得到某样东西之前，考虑别人是否也想得到。"俭者不夺人"，如果只顾自己的利益，不顾别人的感受，甚至侵犯别人的利益，那就是"夺人"，就不是"俭"。

在具体的庆典事务上，"俭"有两层含义：一是不大操大办，量力而为；二是平常随和、诚心如一的态度。

礼之本是什么？孔子没有直面回答，而是感到问题的浩大，解答得比较抽象。于是，孔子给出了几个遵循的原则，即"俭"为上，"奢"为下；"戚"为上，"易"为下。

丧事要"戚"，不要"易"。孔子说，孝父母要"事之以礼，葬之以礼，祭之以礼。"这个"礼"，要与自己的实际情况以及经济和社会能力相匹配。有一句话说得好：论迹不论心，论迹家贫无孝子；论心不论迹，论心世上无完人。只要是内心真诚的表达就合乎礼。前段时间，有个村庄的一户人家办丧事，请了六班鼓匠，吹吹打打，热闹非凡。虽然形式上表现了主家的悲伤，但实际上大可不必，内心真切的悲痛胜过豪华的奢靡，适礼而行就可以了。

礼的基础是内心真诚的情感，虚无浮饰的表面做作是舍本逐末。当然，礼的仪式并不是完全没必要的，有时候还得坚持。因为仪式是很多人的情感寄托，承载了人们的思念，许多仪式都积淀了深厚的文化。正常的交往，适当的礼貌礼仪要大力提倡，在合适的范围内举行各种庆典是可以的，但是铺张的排场脱离了礼的本意，跟文明和文化精神也就没有关系。礼贵在真诚，不在奢靡节。

林放作为普通人，喜欢思考，也善于思考，向孔子请教礼的根本，受到圣人的称赞。

季氏旅于泰山。子谓冉有曰："女弗能救与？"

对曰:"不能。"子曰:"呜呼!曾谓泰山不如林放乎?"

季氏要去祭祀泰山,孔子对冉有说:"你不能阻止吗?"冉有说:"不能。"孔子说:"唉!难道说泰山还不如林放吗?"

祭祀泰山是天子和诸侯的专权,这是礼的规定。季孙氏身为大夫,祭祀泰山就是僭越礼仪,而冉有作为家臣,不能阻止。孔子相信,泰山是不会理会季氏的僭越之举的。"呜呼!曾谓泰山不如林放乎?"可见季孙氏在遵循礼的方面还不如一个普通的平民林放。

礼是社会稳定的基石,是人们和谐共存、共享美好生活的融合剂。有了礼法,就能行稳致远,形成自己固有的精神,完成家国使命。

2021年4月5日　辛丑年二月廿四

林放问礼

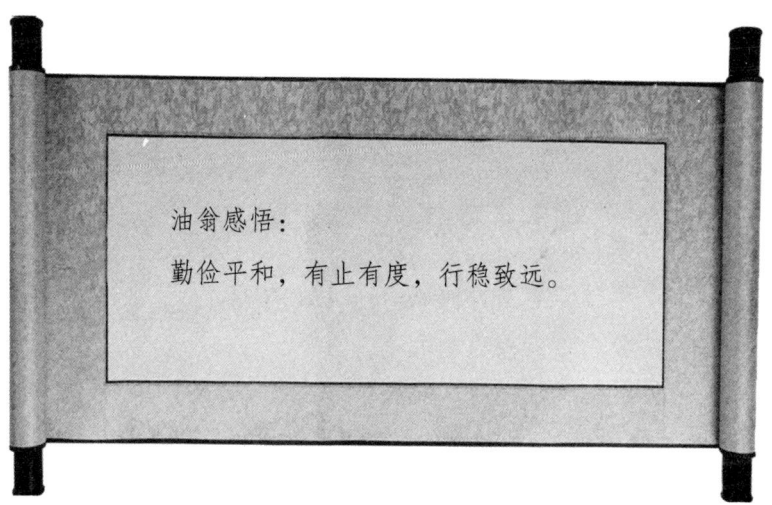

油翁感悟：

勤俭平和，有止有度，行稳致远。

其争也君子

◎《八佾篇第三》杂谈（三）

◎卖油翁

体育竞技是现代社会非常提倡的活动，即使在古代，体育活动也是深入人心的。孔子不仅不反对，而且比较推崇。不过当时的体育活动项目很少，并且与生活十分接近，具有实践的普遍意义。于是，六艺之一的"射"就成了百姓活动和健身的选择，成为当时竞技体育的热门活动。

"身体是革命的本钱"，这话一点儿都不假。没有一个好的身体，就很难担负起生活和生命运动的往复翻转。有人说身体是最前面的数字，如果归于零，那个数字对于人的生命财富而言就什么都不是了。

任何有意义的运动都来源于生产和生活实践，体育运动也是如此。孔子时代，诸侯争战不断，杀伐之声不绝于耳。在战斗中，以马拉战车为最先进的作战单位。在两军交战的过程中，弓

其争也君子

箭是有力且威力巨大的武器，于是，这种"射"的技艺也成为当时的身份象征。它代表着能力和勇猛，更能获得尊贵的身份和地位，有此技艺的人会得到人们的尊敬。上行下效，"射"的竞技活动在社会上也成了时尚。平时健体，提高技艺，战时用于建功，于是，"射"就稳稳当当进入儒家的六艺之中。

子曰："君子无所争，必也射乎！揖让而升，下而饮，其争也君子。"

孔子说："君子没有与人相争的事情。如果有，一定是比射箭了。相互作揖然后上场，射完后，一起饮酒。他们是君子之争啊。"

比赛有输赢，射箭也有射中箭靶和射偏之说，重要的是如何看待比赛结果。按照孔子的说法："揖让而升，下而饮，其争也君子。"一定是理想境界，是正确的态度，实际上就是古代版的"友谊第一，比赛第二"。比赛过程中，有一个礼貌的开始，并以平和的心态接受比赛的结果，把一份美好的记忆留在心里，用祝福和学习的态度看待比赛，无论胜负，都是精彩的。

"君子不争，争则公平。"

真正的君子，胸怀宽广，心有日月，光明磊落。对自己的自控力很强，会光明正大地与对方展开竞争，绝不会在暗地里给人"下绊子"。

君子不争吗？有人会奇怪，不争怎么会得到？子禽曾经问子贡，夫子是怎样了解到各国国情的，子贡说："夫子温、良、恭、俭、让以得之。"这不正合了"天行健，君子以自强不息；地势坤，君子以厚德载物"的精神吗？君子不争不是窝囊的表现，而是一种智慧。只要你努力，品行好，有贡献，天地是公平的，一定会让你欣喜。

两千多年前的孔子，对比赛已经有了深刻的认识，知道其对人们的体质和潜能的促进作用，以及对人际关系的和谐润滑作用。孔子也深知，世界上没有十全十美的东西，再好的事物都会有一定的缺陷。体育比赛也是如此，过分激烈或缺乏规则，也就失去了比赛的意义。要是没有规则和道德的约束，甚至会演化为暴力冲突。孔子正是深知"射"的另一方面，才倡导君子之争。正如体育赛场上的普遍口号："友谊第一，比赛第二。"

"射者，仁之道也。射求正诸己，己正而后发；发而不中，则不怨胜己者，反求诸己而已矣。"（《礼记·射义》）射箭是要分胜负的，是一种"争"，但过程超过结果。这种"争"，展现的是射艺，更是礼仪和品格。

竞争是发展的前提，也是提高个人修养的条件之一。参与竞争可以提高自己，但是不能为了取胜而不择手段。竞争无处不在，不必刻意回避，只要遵循公开、公平、公正等原则，就有积极的意义。

2021年7月8日　辛丑年五月廿九

油翁感悟:

比赛过程中,有一个礼貌的开始,并以平和的心态接受比赛的结果,把一份美好的记忆留在心里,用祝福和学习的态度看待比赛,无论胜负,都是精彩的。

尔爱其羊,我爱其礼

◎卖油翁

《八佾篇第三》杂谈(四)

一场祭奠仪式将要举行,按照惯例,必须"饩羊"。子贡是孔门高徒之一,也是商业奇才,对财货有着比较特殊的感觉,看着每月初一杀掉的"告朔"之羊,感到可惜,于是,向孔子提出自己的想法。

子贡欲去告朔之饩羊。子曰:"赐也,尔爱其羊,我爱其礼。"

子贡想去掉每月初一告祭祖庙的羊。孔子说:"赐呀,你爱惜那只羊,我则爱惜那种礼。"

古时把每月初一称为"朔"。天子每年秋冬之际把第二年的朔政颁发给诸侯,叫"告朔"。《周礼·春官·大史》:"颁告朔于邦国。"郑玄注："天子颁朔于诸侯,诸侯藏之祖庙,至朔朝于庙,告而受行之。"诸侯在每月朔日(阴历初一)行告庙听政之礼,向天地祖宗禀告所作所为。

按照礼制,国君应该亲自去"告朔",但当时的鲁国国君已经不亲自去了,"告朔"成为一种形式。因此,子贡提出去掉"告朔"。孔子大为不满,自己的得意弟子竟有这样的想法,于是,对子贡加以指责,表达了维护礼制的立场,也表明了对鲁国文化衰退的担忧。从前告朔时要杀羊,到春秋时期,各种礼仪精神已开始退化了。在这种情况下,子贡提出去掉在告朔时杀羊这一传统,受到了孔子的责备。

在实际生活中,有一些精神需要一些事物配合才能维系,反之,就会慢慢地退出人们的视线,逐渐消亡。

不断地去掉形式,也就不可避免地去掉了某些内容。礼法代表的是精神,承载的是文化和历史以及家国使命。一些环节,看似无所谓,但也有其独特的意蕴。但礼法肯定要与时俱进,适应时代,所以要不断地继承,不断地发展,也就意味着有些礼法会不断地消亡。

礼的形式和内容密不可分,互为补充。春节、中秋节实质上也是古代礼制遗存,维系着中华文化命脉的传承。这些年国家强调传统节日,增强文化自信,对于中华民族伟大复兴具有重大的意义。很多节日都是润物细无声,在中华儿女的心田里滋润着家国情怀。

当时对礼制的轻视非常普遍,上至国君,下至百姓,总体上已经成为趋势，孔子孤木难撑，无回天之力，非常愤懑。此外，还有一种祭礼，更让孔子伤心。

子曰："禘，自既灌而往者，吾不欲观之矣。"

孔子说："举行禘祭的仪式，从第一次献酒以后，我就不愿意看下去了。"

禘祭是殷周时代的一种重大礼仪。周朝时，举办者最初是周王，后来公侯也可以举行，祭祀的对象是主祭者的先祖和先考，举行场所在天子太庙或祖庙，以及公侯之祖庙。

中华传统文化的因子分布并深藏于祭祀之中。比如，为逝者举办葬礼，在忌日上坟，于清明或中元节祭奠先人。这些仪式里，最重要的是真情实感，是深深的哀思和真挚的怀念。离开这种情怀，仪式便毫无价值和意义。更高的层次，如清明时节的烈士陵园祭扫活动，同样具有巨大的文化和历史价值。这样的活动也是源于古代的祭祀之礼，是中华文化的精髓所在，具有永恒的价值，需要我们继承并加以发扬。

不管是祭祀还是庆典，如果只注重其外在形式而忘记其本质，就失去了举行的意义。

古代的祭礼有很多种，祭天祭地祭祖宗，祭奠行业的祖师爷等，这些祭祀活动大多有一定的时间，实际上是让人们知恩报恩，不能忘了生养自己的天地和祖先，以及滋养精神的文化传统。祭祀在于心态，诚心诚意才能涵养本性。当时的鲁国国君在开始举行禘礼时,可能还有些敬意,等到献灌酒以后就懈怠了。仪式尚在,但诚心没有了,少了恭敬和虔诚,在孔子看来就是走过场而已。

第一次献酒以后,礼仪就流于形式了。浮于浅表的礼仪表示的不是内心的真诚。这种为了应付的禘礼,孔子发自内心的不想观看。这是当时礼崩乐坏的表现,孔子的态度也显示了他对现实的无可奈何。形式不代表实际的精神,更不能配合内心的诚恳,所以流于形式的东西一定是缺乏灵魂的枯枝败叶。

孔子内心对于恢复周礼的渴望是那么强烈,坚信礼制是国家的根本,如果尊重礼制,以礼治国,那么一定会是一个美好的世界。

或问禘之说,子曰:"不知也。知其说者之于天下也,其如示诸斯乎!"指其掌。

有人问孔子关于举行禘祭的内容,孔子说:"不知道。知道的人治理天下,就会像把东西放在这里一样容易吧!"一面说,一面指着自己的手掌。

孔子把"禘祭"看成治理国家的原则和根本。他告诫"禘祭者"们,理解了"禘祭"的含义,治理天下"其如示诸斯乎"。

禘礼体现的精神是政令畅通,国泰民安,风调雨顺,君臣各尽其职,现在流于形式,敷衍怠慢,应付而已,不是从内心里真诚的祭祀。孔子懂得禘礼,有人问他,他故意不说,可接着又说谁要是懂得了禘祭的道理,治理天下就容易了。孔子心里矛盾呀!对恢复周礼满是深深地失望。

在古代,祭祀活动对于文化传承具有不可替代的作用。祭祀的是天地神灵、先祖先考,排列的是长幼次序,潜移默化的是仁义。共同认可的宗法伦理,君臣各司其位,对社会秩序的稳定有重要的意义。盛大的仪式、庄重的氛围,给参与者以巨大的精神震撼和情感熏陶。禘礼蕴含着道德规范、政治制度和宗法伦理,这种礼制思想推广开来,人们就会各尽其职,政令畅通,秩序井然,就会团结和睦,国泰民安,四海升平。

世界上的美好来源于和谐的人文和自然环境,来源于诚实善良的心灵,但是,社会总是不平静的,利益不可能完全均衡。毕竟,对我有利,为我所用,是人类出生后最先产生的思想。小孩子从有了意识开始,总是从完全自私的角度认识世界。在成长过程中,通过家庭和社会的教育,懂得了世界上除了自己还有父母家人,由此认识到身边和更远的一些人。家庭教育,由父母的言传身教来实现;社会教育,就需要很多社会功能来支持了。在古代,经济发展缓慢,经济和信息极不发达,社会没有普及的学校,人们实现学习和交流的机会少之又少,这就需要有一种能够让大众都能参与的社会活动来实现文化传承。于是,各种祭祀活动也就顺理成章地成了这一功能的载体。很多教育功能就是由祭祀活动来完成的。不夸张地说,在中华文化的传承过程中,各种祭祀活动功不可没。

在祭祀活动中，小孩子看到了现在的自己，也依稀想到自己的未来；大人们回味起过去的自己，甚至看见了自己的将来。通过参加祭祀活动，小孩子有了学习和观摩的机会，大人们有了参照和体会。人们参加祭祀的精神方向是一致的，这就产生了的向心力和凝聚力，而社会文化的传承，正需要这样的社会实践。为了完成这一伟大而沉重的使命，就需要许多条文和规则来限定和完善祭祀的实现条件。于是，"礼"就走上了前台，在各种祭祀活动中大显神通，为各种祭祀活动的顺利举行保驾护航。从祭祀中诞生的礼，经过发展和完善就成了人们生活中的礼制，概念庞大，包含社会生活的方方面面。"礼"左右着人们的言行，深刻影响着人们的生活和人类历史的进程。

在祭祀过程中，许多仪式有着特别的象征意义，不仅是刻意的展现，更重要的是所承载的内容。通过这些仪式显示其庄严和重要性，将这些形式去掉以后，其背后的精神内容和文化内涵就轻便了许多，甚至在不久的将来，就会慢慢地走向消亡。孔子正是看到了这一点，才不愿意观看随随便便的"禘祭"，才说懂得禘礼的人，治国就像看自己的手掌一样容易。

2021年7月13日　辛丑年六月初四

油翁感悟：

让我们尊重礼制吧！礼就像清新的空气，时刻围绕在我们周围，为我们带来秩序、快乐和生机，也带来无限的成长机会。

旺气冲天

《八佾篇第三》杂谈（五）

◎ 卖油翁

春节写对联，过去农村里的规矩很多，院子和家里的各个地方都有自己的神，因此对联也就各不相同。

家门左面的柱子上是天地爷之位，上面有一副对联：天泰地泰山阳泰，人和物和万物和。或者是：敬天地年年丰收，孝父母月月平安。横批：天地三界。家中柜子上是灶神之位，上面一副对联：上天言好事，回宫降吉祥。或者是：红火通三界，青烟上九霄。横批：一家之主。

在院子里养家畜的地方有这样一副对联：牛马多茂盛，六畜永平安。横批：牛王爷之位。养马的就是"马王爷之位"。

旺火架子上，当然是旺气冲天。

各副对联承载着人们美好的期盼。人们祈求风调雨顺，幸福美满，国泰民安。可见，对各司其职的神灵，古代中国人一直是充满敬畏之心的。但是，随着时代的发展，敬神的过程也有了变化，不免流失了最初的纯洁，而将世俗的生活理念糅杂其中。

王孙贾问曰："与其媚于奥，宁媚于灶，何谓也？"子曰："不然。获罪于天，无所祷也。"

王孙贾问："与其奉承奥神，不如奉承灶神，这话是什么意思？"孔子说："不是这样的。如果得罪了上天，那就没有地方可以祷告了。"

奥神不太管实事，灶神掌管着家里的吃喝用度。直接敬奉管事的，也许对自己更有利。现在的春节祭祀，已经没有奥神之位了，至少北方的农村如此。

王孙贾很现实，认为灶神离得近，要好好奉承；奥神位置高，离得远，不去敬奉关系也不大。这不是王孙贾一个人的问题，而是当时的一个现实问题，而且伴随着人们成长，伴随着历史的延续，出现在生活的常见现象里。

但这里的"媚"，意思就再明显不过了，是"巴结、故意讨好之意"，如果是有损人格的，更应该抛弃。

孔子以"不然。获罪于天，无所祷也"回答王孙贾，认为违背了天理，昧着良心，不会有好结果。

"与其媚于奥，宁媚于灶"，是一种既现实又功利的说法。考试拜文曲星，生孩子拜观音，想发财拜财神，这是人们的普遍做法。当然在孔子看来，谄媚是不对的。

另一说是王孙贾用当时的俗语暗示孔子：与其巴结卫灵公，还不如讨好夫人南子。孔子说只按天意行事，不为所动。

孔子婉拒了王孙贾的提醒。在孔子看来，走正道，忠于君上，才能造福民众。若只顾自己，只追求实际的利益，不论是"媚于奥"还是"媚于灶"，都是不应该的。孔子认为，为人心怀仁善，行事上利国家，下怀百姓，才会得到民众的拥戴，才符合天道。人在职场，也要走得正，行得端，不能图一时短利而献媚巴结，失去原则。

天道就在身边，在自己的心里，在自己的头脑里。人在做，天在看，"举头三尺有神明"，古人很注重这个无形力量。

王孙贾看到了孔子当时的处境才这样劝导他，但孔子在困顿的窘境下不为所动，更显出了他的伟大。不过，孔子办了私学以后，有"束脩"的支持，还有子贡的强大财力为后盾，生存问题还不是特别的困难。孔子难过的是自己的理想不可能实现，是社会上"礼制"的颓废。

"困"字就是墙里的木头，温室里的花木，看似安全，实则经不起风雨，没有见过世面。不走出去，永远不能体味阳光的冷暖和风雨的滋润，也就不能成才。孔子当时虽然报国无门，但他有过人的智慧和毅力，始终将眼光放在历史的时空之中。穿越千年的思想，在过去、现在，也将在未来熠熠闪光。

底气来源于自己的能力。孔子如此，普通人更是如此。不管在什么岗位上，不断学习，提高自己，充实自己，努力完成本职工作，做一个积极阳光的人，才是健康的人生取向。同时，摆正自己的位置，行得正，走得端，善于团结人，前途一定是光明的。

　　孔子用一生践行着自己的思想，追求着自己的理想，最后化身为历史的天空中那颗灿烂的星星。用《菜根谭》的话来说："栖守道德者，寂寞一时；依附权贵者，凄凉万古。"

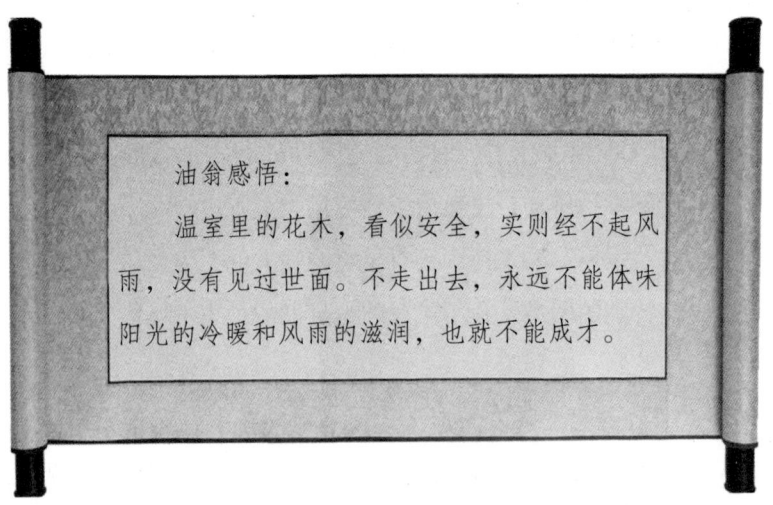

油翁感悟：
　　温室里的花木，看似安全，实则经不起风雨，没有见过世面。不走出去，永远不能体味阳光的冷暖和风雨的滋润，也就不能成才。

2021年7月25日　辛丑年六月十六

心中的那抹光亮

《八佾篇第三》杂谈（六）

◎卖油翁

《礼记》里的这段话真是千古绝唱啊："夫礼者，自卑而尊人。虽负贩者，必有尊也，而况富贵乎？富贵而知好礼，则不骄不淫；贫贱而知好礼，则志不慑。"

子曰："事君尽礼，人以为谄也。"

孔子说："以礼侍奉君主，有人却认为是在谄媚。"
礼仪不仅仅是表面的形式，更重要的是其承载的内容。正像孔子以前所说的"汝爱其羊，我爱其礼"。孔子"事君尽礼"，不免受到某些人士的讥讽，有时还显得不合时宜，所以孔子发出了这样的慨叹。

老子说："六亲不合，有孝慈；国家昏乱，有忠臣。"当时的社会礼崩乐坏，周礼已经不被遵从了。"僭越"犯上，甚至臣子诛杀君主的事情时有发生。鲁国更是奴强主弱，三家把持朝政的情况持续了很长的时期。在这种情况下，孔子按照周礼行事，实际上也是从另一个角度抨击那些犯上作乱的强奴家臣。于是，孔子被当成了异类，受到了讥讽和嘲笑。

虽然孔子想恢复周礼，但时代变了，再也不可能回到从前。

"礼"不是生搬硬套的，而是活生生地体现在生活中。

"谄"和"事君尽礼"有本质的区别。

"礼"的目的是使人与人之间关系和谐，社会秩序井然。任何事情都有一个度，超过了或者达不到都是不可取的，也就是"过犹不及"，这实际上就是《中庸》的精神。尊重和被尊重是相对的，做人和做事的基本原则一定要坚持，表现在普通百姓身上，就是人与人关系和睦，通过劳动过上丰衣足食的生活，享受美好的生活。

人们常说，礼多人不怪，但这要基于内心的真诚。如果脱离了"诚"的范畴，就是虚假浮夸。

中国古代的社会结构是由长幼分宗、婚姻系连、嫡庶区别等一系列形式建成的一个金字塔式的结构。人们之间有等级关系，也有互相依存的亲缘关系，使这些关系不至于混乱无序的制度叫作"宗法制度"，而礼就是宗法制度的基石，支持它得以成立的观念就是宗法观念。

心中的那抹光亮

子入太庙，每事问。或曰："孰谓鄹人之子知礼乎？入太庙，每事问。"子闻之，曰："是礼也。"

孔子进入太庙，每件事都询问。有人说："谁说鄹邑大夫的儿子懂得礼仪呀？他进到太庙里，每件事都要问别人。"孔子听到这话，说："这就是礼呀！"

真诚是礼法的核心基础，孔子是谦虚的，也是谨慎的，更是不耻下问的。

孔子把"诚"的理念贯穿一生。他尊重别人，那是他心中的光亮。孔子对周礼十分熟悉，但他来到祭祀周公的太庙里却每件事都要问别人，所以就有人对他是否真的懂礼表示怀疑。孔子听到后说，这就是礼。

古往今来，道德高尚的君子都会向别人送出自己的祝福，表达美好的善意。孔子精通礼仪，学识渊博，品德高尚，但是为了体现太庙里的工作人员的价值，他进入太庙后"每事问"。我想，当时不理解的人，后来理解了肯定会感到惭愧，后悔自己轻率的怀疑，并更加欣赏一代圣人的高贵品格。

以礼而行，不惧流言，坚定地充实和完善自己的人生之路，才会有平凡而又不平凡的人生。

2021年8月5日　辛丑年六月廿七

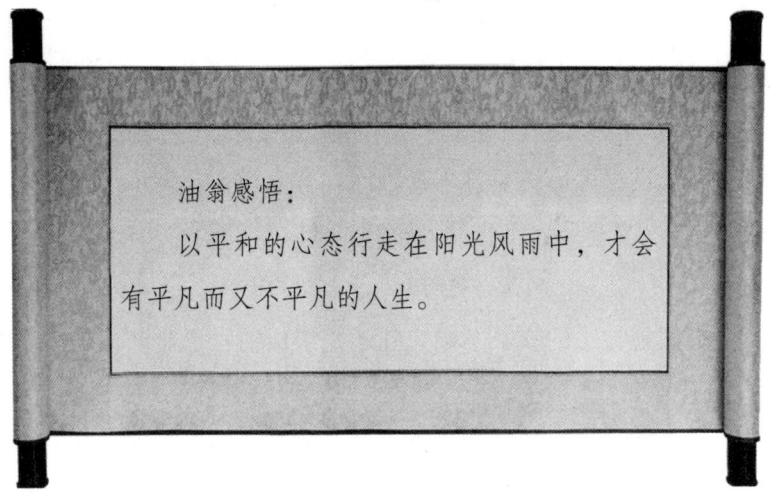

油翁感悟：

以平和的心态行走在阳光风雨中，才会有平凡而又不平凡的人生。

怨气小伙

《八佾篇第三》杂谈（七）

◎ 卖油翁

子曰："射不主皮，为力不同科，古之道也。"

射箭射中靶子就行了，不一定非要射穿，只要射中了，目的就达到了，这是从古至今的道理。

要求能力有差别的人做同样的事，而且做到同等程度，何其难也！态度不同，位置不同，对所做事情的认识不同，个人的品德修养不同，对所做事情要达到的效果都有影响。这是从具体的做事的人的角度来看。另一个层面，布置任务和要求做事情的人，也需要从各个方面看待事情的结果，不能一概而论。

前几天听一位小伙子说，他买房的时候，岳父母给二十万元，而他的父母没有给一分钱，小伙子有点怨气。岳父母只有一个女儿，他的父母虽然有一儿一女，但他们家是农村的，按照传统，父母的家产是他的，而且姐姐也不会争取。可他的父母把他们姐弟俩养大成人，直到大学毕业，已经尽了最大的能力。买房需要几十万，不是他们能够做到的。以金钱来比较自己的父母和岳父母，确实不应该。岳父母和他的父母亲对于金钱的能力不同，但肯定都有一个共同心愿，希望他们过美满、幸福、快乐的生活。

　　人的出生环境不同，所处的成长环境更不一样，于是，本来在来到这个世界时一样哇哇啼哭的人，长大后就变成了不一样的人，更有不同的价值观和性格区别于他人。比较明显的就是长相和力气，从来没有完全相同的，即使面貌高度相似，力气肯定也有差别，更别说心理气质和精神追求了。没有千人一面，只有万花筒里的不同世界。有的只是熙熙攘攘的人群，以及有限的资源和无尽的需求。每个人都有享受生活的权利，都有要做事情，都会要想方设法得到基本的生存条件，于是，有的人拥有了亿万财富，有的人食不果腹。这和自己的出身、社会资源、时代背景以及对机遇的把握能力等因素有很大的关系。

　　"人有礼则安，无礼则危。故曰：礼者不可不学也。"这是《礼记》中的一段话，有一定的道理。

　　定公问："君使臣，臣事君，如之何？"孔子对曰："君使臣以礼，臣事君以忠。"

　　鲁定公问："国君使唤臣子，臣子服侍君主，该怎么做呢？"

孔子答道:"君主应该按照礼节使唤臣子,臣子应该用忠心来侍奉君主。"

历史上,有不少因践踏礼仪、败坏礼教而酿成的苦果,让后人感叹不已。

朱元璋传位于长孙建文帝,燕王朱棣不服,图谋造反,并取得了成功。据说建文帝生死未卜,下落不明。有人猜测,郑和下西洋就是寻找建文帝,但建文帝的归宿成了一个传说。轮到朱棣自己立太子时,长子朱高炽端庄沉静,言行适度,喜爱读书,不喜武力,但肥胖多病。朱棣不太喜欢他,更喜欢孔武有力的二皇子朱高煦,曾私下许愿他为皇位接班人。但朱高炽本人没有什么大错,废长立幼是封建社会帝位传承的大忌。在大臣的劝说下,最终还是立长子朱高炽为帝。于是,朱棣做了一件前无古人、后无来者的壮举:立长子为太子,立太子的儿子为太子的太子,因为朱高炽的长子朱瞻基比较优秀。这样就造成了朱高煦的不满,留下了骨肉相残的种子。

朱瞻基继位后,朱高煦密谋叛乱,但举事不密,计划不周,没有认清自己的实际能力和威望,无奈之下投降了。有一次,皇帝侄子去看望他时,他竟然故意用腿绊了朱瞻基一下,到底跌倒了没有,众说纷纭。这下好了,龙颜大怒,皇帝侄子处死了他。朱高煦迟早免不了被处死,即使没有这件事,朱瞻基也会用另外的方法处理他。种下什么种子,就会长出什么果子。"夫礼者,自卑而尊人。虽负贩者,亦有尊也,而况富贵乎?富贵而知好礼,则不骄不淫;贫贱而知好礼,则志不慑。"

君主和臣子相互尊重，依礼而行，这和汉代董仲舒提出的"罢黜百家，独尊儒术"，特别是南宋之后所提倡的"君叫臣死，臣不得不死"有很大的不同。孔子是礼尚往来，父慈子孝，君贤臣忠，管理者和被管理都各尽其责，各司其职，各尽所能，就是"古之道也"。只有这样，人和人之间才能像细雨春风般舒展，才能看到更多暖融融的笑脸，听到更多发自内心的银铃般的笑声，才能达到人顺、事顺的和谐局面。

以仁换仁、以心换心，这是"礼"的精髓，无论何时何地，都是社会稳定的基石，是人们奔向美好生活的保证。

2021年8月8日　辛丑年七月初一

成事不说，遂事不谏，既往不咎

《八佾篇第三》杂谈（八）

◎ 卖油翁

哀公问社于宰我，宰我对曰："夏后氏以松，殷人以柏，周人以栗，曰：使民战栗。"子闻之，曰："成事不说，遂事不谏，既往不咎。"

鲁哀公问宰我，土地神的神位应该用什么树木，宰我回答说："夏朝用松木，商朝用柏木，周朝用栗木，表达的意思是：使百姓战栗。"孔子听到后说："已经过去的事就不用再提了，已经完成的事就不要再劝谏了，已经过去的事也不要再追究了。"

关于用栗木的解释历来有两种：其一是让老百姓害怕，产生威慑的作用；其二是当权者提醒自己，要敬畏天命，执政时要战战兢兢，为人民的利益着想，不做使老百姓受到伤害的事情。

从上文看，孔子认可的是第一种看法，周朝用栗木做土地神的牌位就是想让老百姓害怕，好让自己统治的民众不敢反抗，政权稳定。

周朝是孔子理想中的王朝，特别是周代初期的几位君主，在孔子眼里就是圣人一般的存在。所以，孔子心里是不赞成这种做法的，认为周武王用栗木做牌位确实不妥。于是，迫不得已的孔子说出了这样的话："成事不说，遂事不谏，既往不咎。"

沉湎于曾经的荣光、错误或失败，看不到前面美丽的风景，回味过去，留恋过去，忏悔过去，止步不前，让生活充满沧桑，不能在过去的日月里欣赏明媚的阳光。放下包袱，不管是悲伤的还是快乐的，轻装上阵，以轻松的心态面对雨雪风云，阴晴彩虹。木已成舟，只能从回味中汲取未来成长的营养，这样做是对自己大度，是一种宽恕自己的豁达。

但是，这句话也成了不少人健忘的理由，这是要做必要的检讨和反省的。有些事是可以忘记的，但有些事是很难忘记的。虽然时间会冲淡一切，但记忆是有连续性的，包括大脑、文字以及一切可以传承的方式，所能做的只能是选择性忘记，故意忽略。陈芝麻烂谷子、鸡毛蒜皮等不是原则性的问题，都可以完全忘记，但是不该忘记的一定不能忘记，不是常说"不能好了伤疤忘了疼"吗？只有这样，我们才能做好自己，完善自己。过去的事情有的可以忘记，有的却应该永远牢牢铭记。这适宜于可调和的一般的人际关系，而对于一些极端的、歇斯底里的人或事则没有遵从的必要。比如，对一个罪大恶极的死刑犯，能够既往不咎吗？不能吧！虽然是和平时期，但也不能用这样的说辞为罪犯解脱，让罪犯服刑才是最好的选择。

在面对过去的罪恶时，许多人选择忘记，该忘记吗？我看不应该。

日本侵华，中国人民会永远记在心上，永远不会忘记，忘记过去就意味着背叛。所以，有些历史包袱只能先放下，却不能一忘了之。今天正好是九一八纪念日，全国警钟长鸣，提醒人们勿忘国耻，奋发崛起。这就是中国人民永远不能忘记的，也是永远不能原谅的。

孔子是伟大的，但是任何思想、任何学说都是时代的产物。一代圣人的理想国度在土地神牌位的木料的使用上，竟然用了使人民看到就不寒而栗的栗木，确实让孔子不好说话，于是就不说了，"成事不说"；说了也白说，"遂事不谏"；追究也没用了，"既往不咎"。真是这样吗？我看，一分为二地看待，才是我们后世人应该坚持的态度吧！

2021年9月18日　辛丑年八月十二

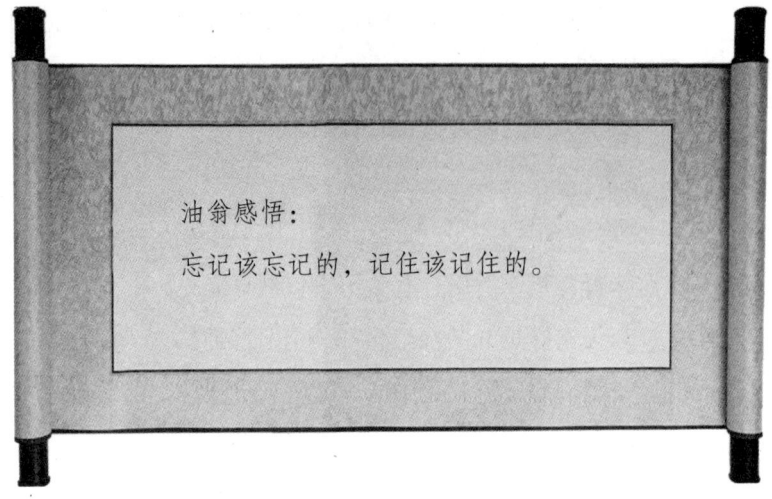

油翁感悟：

忘记该忘记的，记住该记住的。

体味滋润生命的春风

《八佾篇第三》杂谈（九）

◎卖油翁

诸葛亮隆中高卧时，自比管仲、乐毅，也就是说，文要学管仲，辅佐名主成就千秋事业；武要学燕国名将乐毅，保家卫国，开疆拓土，护佑一方黎民，可见诸葛亮的雄心大志。幸好遇到了刘备，共展蓝图，开创了蜀国的江山基业，成为三国一鼎。刘备去世后，身负白帝城重托的孔明，更是兢兢业业、克己奉公，为蜀汉操碎了心，直到鞠躬尽瘁，死而后已，展现了一代名臣的高风亮节，成为历史的天空中一颗亮丽的星星。

管仲帮助齐桓公富国强兵，征霸诸侯，成为后世众多忠臣良将的楷模，也是诸葛亮的偶像和榜样。但是人无完人，即使如管仲，也有不尽如人意的地方。

子曰："管仲之器小哉！"或曰："管仲

俭乎？"曰："管氏有三归，官事不摄，焉得俭？""然则管仲知礼乎？"曰："邦君树塞门；管氏亦树塞门。邦君为两君之好有反坫，管氏亦有反坫。管氏而知礼，孰不知礼？"

孔子说："管仲的器量太小啦！"有人说："管仲节俭吗？"孔子说："管仲有三处豪华的府库，他家里的人从不兼职，怎么能称得上节俭呢？""那么管仲知礼吗？"孔子说："国君大门口设立照壁，管仲也设立了照壁；国君招待别国君主，在堂上设有放置空酒杯的土台，管仲也有这样的土台。如果说管仲知礼，那还有谁不知礼呢？"

周礼是孔子的行为准则，孔子以"克己复礼"为己任，对僭越的行为特别愤恨。

"管氏而知礼，孰不知礼？"孔子这样评价管仲，是不满其越礼的行为。因为他们在思想上有对立的地方。管仲的改革，肯定对旧有的秩序有所破坏，而孔子是维护周礼的，是要回到过去的，这与管仲不同。

权势再大，事业上再春风得意，僭越也不是让人欣赏的行为。作为一个社会人，一定要有敬畏之心。正像孔子所说："畏天命，畏大人，畏圣人之言。"在这里，孔子指出管仲的三个错误：气量小、不"俭"、僭越。

孔子认为，管仲不遵礼制。尚"礼"是孔子的毕生追求，在孔子的思想里，居于至高无上的地位。

管仲的相府人员较多，人事浪费，离"俭"的标准距离更大。虽然管仲贵为一国宰相，但脱离了"俭"的规范，还是不应该的。《大学》里说："治国必先齐其家者，其家不可教，而能教人者，无之。"还说："是故君子有诸己而后求诸人，无诸己而后非诸人。所藏乎身不恕，而能喻诸人者，未之有也。"不遵礼制，在孔子的眼里，当然称不上君子。

"俭"是欲望的约束。越礼、奢侈、狂妄放纵的人，容不下相左的思想和意见，这样的人就是"器小"。器小之人，容不得他人，容不得才华超过自己的人。这样的人即使成功，也后继乏人。的确，管仲辅佐齐桓公九合诸侯，建立了伟大功业，但是在位时没有培养出合适的接班人，在他死后，齐国便人亡政息了。

魏征是唐朝著名的诤臣，一开始辅佐的是太子李建成，玄武门之变后，归顺李世民。他曾经建议李建成先下手为强，除掉李世民。后来，李世民不计前嫌，任命魏征为谏议大夫，成就了一段"以铜为镜"的千古美谈。二人本是对立的敌人，但唐太宗表现出恢宏的气度和开阔的心胸，气量之大，堪称绝无仅有。

虽然管仲"器小"，但他所带来的现实利益，孔子还是承认的。

子贡曰："管仲非仁者与？桓公杀公子纠，不能死，又相之。"子曰："管仲相桓公，霸诸侯，一匡天下，民到于今受其赐。微管仲，吾其被发左衽矣。

岂若匹夫匹妇之为谅也，自经于沟渎而莫之知也？"
（《论语·宪问篇第十四》）

子贡说："管仲不是仁人吧？齐桓公杀了公子纠，他不能以死相殉，反而做了齐国的相国。"孔子说："管仲辅佐齐桓公，称霸诸侯，匡正天下，老百姓到现在还受到他的好处。如果没有管仲，我们还披散着头发，衣襟向左边开了。难道他要像普通男女那样守着小节小信，在山沟中上吊自杀而没有人知道吗？"

让生命像春风一样温暖，唤醒大地；像春雨一样滋润，复苏万物，这是生命的意义。孔子对管仲的求生给予了很高的评价，管仲的生是不平凡的生，如果当时他随公子纠死去，那他的死就是一个轻如鸿毛的死。

生的价值对于一般人而言，就像一棵轮回了四季的植物，也许有人像一棵小草，默默无闻，随着时光的流逝在风雨之中化身泥土；有的像大树一样让小草仰望，跌倒之后会有一些响动，但最终也会化为泥土。小草的生死无法引起人们的兴趣，大树没成才之前也没有太多的人关注，只有成了才，在适当的时候被慧眼发现，才有被人仰望的一天。如果生不逢时，长在一片人迹罕至的地方，最后也只能枯萎轮回，生长于脚下的土地，归还于脚下的土地。正像千里马没有遇到伯乐，只能骈死于槽枥之间。

小草和大树的四季轮回实际上是生命的升华，是进化的前提，它们用自己的身体报答了滋养它们的土地。植物也好，动物也好，生死是不能选择的。只要符合新陈代谢的规律，那么对世

体味滋润生命的春风

界的发展都是有益的。但是人类有时就多了选项,有时候可以选择生,也可以选择死。新生和归去每时每刻都在发生。但不管怎样选择,能让生命具有更大的价值是最好的选择。司马迁曾经说:"人固有一死,或重于泰山,或轻于鸿毛。"既然生与死还可以选择,那么为什么不让生命更有价值呢?司马迁忍辱而生,只因《史记》尚未完成,如果他当时选择了死,就没有《史记》这部史学巨著问世了。恰恰是他屈辱的生,发挥了生命的最大价值。

孔子认为管仲器小、不俭、不知礼,但又肯定他有目共睹的"一匡天下"的历史功绩。贬中有褒,矛盾纠结。看来世界上没有完人,特别是对于有丰功伟绩的人而言,完全的肯定和完全的否定都是不合适的。毕竟每一个活生生的人,都有不被他人了解的内心世界。

2021年10月16日　辛丑年九月十一

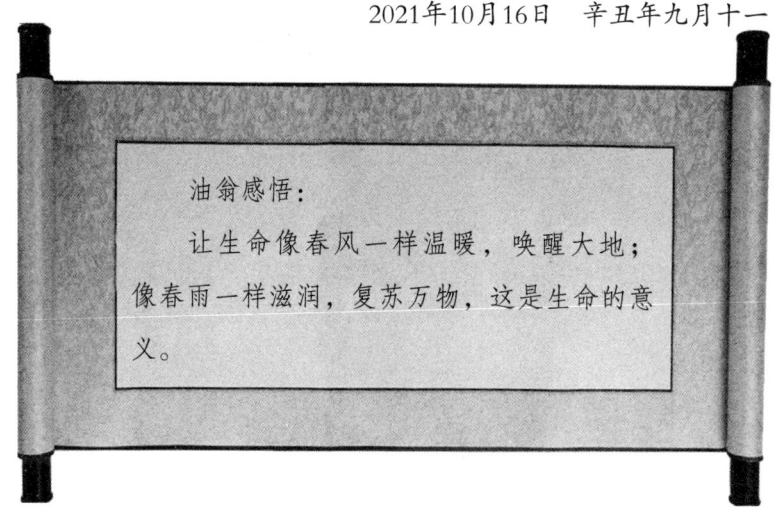

油翁感悟:
　　让生命像春风一样温暖,唤醒大地;像春雨一样滋润,复苏万物,这是生命的意义。

仁者之花

《里仁篇第四》杂谈

◎卖油翁

春日

［宋］朱熹

胜日寻芳泗水滨，

无边光景一时新。

等闲识得东风面，

万紫千红总是春。

　　仁的思想已经融入中华民族的血液里，永远温暖中华儿女。

　　子曰："唯仁者能好人，能恶人。"

仁者之花

孔子说:"只有讲仁爱的人,才能够爱人和厌恶人。"

"仁"有"爱人"的一面,也有"恶人"的一面。不仁之人眼中的善恶并非真正的善恶,只有心怀仁德之人才能明辨是非。

不仁的人以自己的利益为主,先入为主地进行善恶评判,把主观成见加入其中,结果就不是真正的善恶。只有仁义之人才能客观公正、换位思考,才能辨别真正的善恶。

子曰:"不仁者不可以久处约,不可以长处乐。仁者安仁,知者利仁。"

孔子说:"没有仁德的人不能够长久地安于俭约中,也不能够长久地处于安乐之中。仁德之人安心于仁道,智慧之人做有利于仁的事。"

仁者宅心仁厚,智者洞明有识。

"不仁者"不能久处约。

不仁的人,怎么会在俭约中生活呢?他们一定会有非分之想,认为自己应该多得多拿多享受;长久的和平安逸,满足不了他们的贪得无厌。

"不仁者"不能长处乐。

我们生活在一个和平的国家,何其幸运!看五洲风云,风景这边独好。

子贡问曰:"乡人皆好之,何如?"子曰:"未可也。""乡人皆恶之,何如?"子曰:"未可也。不如乡人之善者好之,其不善者恶之。"(《论语·子路篇第十三》)

子贡问道:"乡里人都喜欢他,这个人怎么样?"孔子说:"还不行。""乡里人都厌恶他,这个人怎么样?"孔子说:"还不行。最好是乡里的好人喜欢他,乡里的坏人厌恶他。"

你喜欢的人不一定就是善的,你不喜欢的人也不一定是恶的。

"好"有表面上好但内心厌恶的,还有表里如一的;"恶"也一样,有表面上恶,心里却是好的,也有表里如一的恶。

王莽未篡位时,何止是乡人皆善之,乃是举国皆善之。结果如何?

真正的贤者应该是"乡人之善者好之,其不善者恶之"。

"乡人皆好之",要看乡人好他什么。或许是老好人,见到错误不批评,这种人其实是非常自私的。

"乡人皆恶之",要看乡人恶他什么。对"善者好之,其不善者恶之"的人,更要充满敬仰。

有道之士,特立独行,往往引起普通人的误解。"木秀于林,风必摧之",古今如此,概莫能外。

仁者之花

能做到"善者好之,不善者恶之"的人,是儒家理想的君子。

为人难,做事不易。最好的境界是得到"善者"的认同,认清不善者,让"不善者"远离自己。

"众口铄金""三人成虎",白的也能说成黑的。有人拿"无风不起浪"为某些无端口舌辩解,但风也有春风和寒风之别,也有正风和邪风之争。

让欣赏成为人生的主流,让憎恨伴随着正义和美好而越来越少。

让我们的情怀充满魅力和理想,让仁者之花伴随着昂扬的时代永远绽放。

期待着,春风细雨;盼望着,春和日丽……

2022年3月4日　壬寅年二月初二

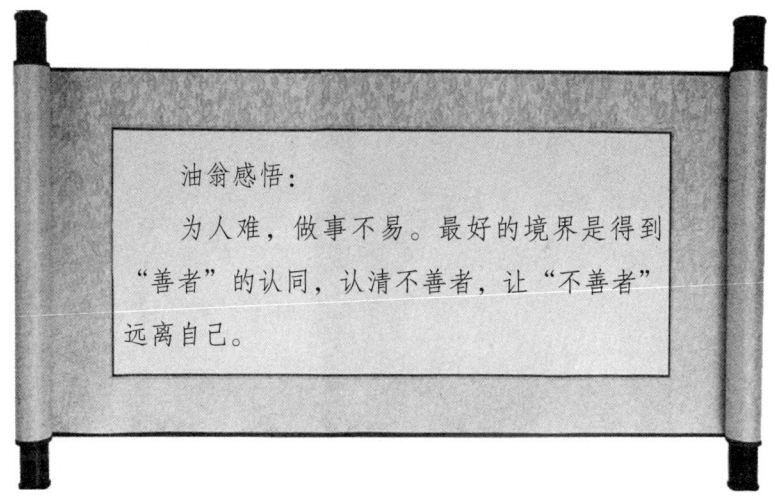

油翁感悟:

为人难,做事不易。最好的境界是得到"善者"的认同,认清不善者,让"不善者"远离自己。

理想之花

◎《公冶长篇第五》杂谈

◎卖油翁

人人都有自己的志向,大人物有大志向,普通人有小志向。说通俗点,志向就是想做什么事,也就是心里面想的,在不久或者更远的将来准备践行的语言或行动。

有一天,孔子和他的得意门生颜回、子路一起闲谈。

> 颜渊、季路侍,子曰:"盍各言尔志?"子路曰:"愿车马、衣轻裘,与朋友共,敝之而无憾。"颜渊曰:"愿无伐善,无施劳。"子路曰:"愿闻子之志。"子曰:"老者安之,朋友信之,少者怀之。"

颜渊和子路陪伴在孔子身旁,孔子说:"何不谈谈自己的

理想之花

志向呢?"子路说:"我愿意把自己的车马、衣服、皮袍与朋友共同使用,用坏了也不埋怨。"颜渊说:"我不夸耀自己的长处,不表白自己的功劳。"子路说:"希望听听老师的志向。"孔子说:"使老者安度晚年,朋友信任自己,年轻人胸怀激情并得到关心。"

子路性急,老师刚提议,他抢先回答,好东西和朋友一起用,用坏了也不埋怨,多么爽快,一副侠士形象,着实让人欣赏,有"安得广厦千万间,大庇天下寒士俱欢颜"的气概。在"仁"的修养上,子路跟颜回还是有一定的距离。实际上,子路的志向更多的是人与人之间的情感交往,没有从内心和思想的高度对自己的志向进行阐释。颜回却从自身的修行上给出了体会,不夸耀自己,不骄傲,不表明自己的功劳,不把自己认为劳苦的事交给别人做,修身养性,以谦谦君子的态度对待身边的人和事。颜回征服不了世界,甚至解决不了生活问题,但他征服了自己的内心。圣人征服了自己,凡事求内心的平和。贫,气不改;达,志不改。对得起自己,对得起学问。

老吾老以及人之老,幼吾幼以及人之幼。孔孟之道,一脉相传。在这里,孔子说出了心中的志向:"老者安之,朋友信之,少者怀之。"

在中国人心里,"安"很重要,表达美好希望时,用"国泰民安""出入平安""安居乐业""一路平安"等吉祥的词语;当不安全或有心事时,又有"坐卧不安""忐忑不安"等成语。"安"字本意为平静、安定、舒适、稳妥、没有危险等。从字形来讲，上古的时候，毒蛇猛兽很多，妇女的体力和体质不如男子，在野外不安全，只有回到洞穴里才是最安全的，所以最初"安"字就是家里有一个女人的图形，随着文字的演变发展成现在的样子。不过现在也有人这样解释，家庭是社会的细胞，女人是家庭稳定的基础。

留不住的是时光，带走的只能是思念和回忆。青春离去，岁月如梭，人总有老去的一天。相比于年轻人，老年人对安全的渴望更加强烈。一辈子岁月沧桑，风雨徘徊，过去的已经过去，未来还有一点儿时间，能在剩余的生命光阴里安静地享受夕阳，品味生命最后的回馈，安安静静地度过余生，该是多么幸福啊！

"朋友信之"，人与人之间能够互相信任。人而无信，不知其可也。这是孔子说的，也是每个人应该遵从的。信是社会秩序的基础，是个人立身处世的根本，无信不立。《易经》中说："有孚。"即别人用手去抓你的孩子，你是放心的。这就是信任，相信你是善意的，你的语言、行动都是友好的表达。

少年人胸怀梦想，一心想着美好，对生活充满激情，那么这一定是一个活力四射的世界，一个充满热情和生机的世界。五彩缤纷的理想，美丽的期盼，被充满朝气的少年人用青春的激情托起，那么还有什么实现不了的梦想吗？没有，一定会所向披靡，创造出更加灿烂的明天。

有一个长远的志向，就会有源源不竭的精神动力，焕发出生生不息的活力，才能投身于时代发展的大潮之中，散发出光和热，绽放存在的价值。孔子的志向像阳光雨露一样温暖而滋润着

理想之花

世间万物，他的心里满满都是和谐社会的生活场景。这是"仁者之志"，儒家的美好理想是千千万万仁人志士的梦想和奋斗目标。

2020年11月29日　庚子年十月十五

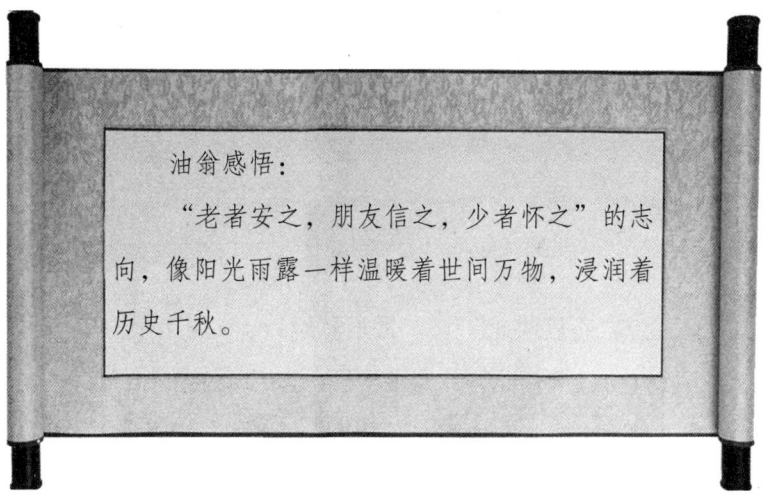

油翁感悟：

"老者安之，朋友信之，少者怀之"的志向，像阳光雨露一样温暖着世间万物，浸润着历史千秋。

一片云天

《述而篇第七》杂谈

◎卖油翁

有人说，态度决定一切。话虽然绝对，却不无道理。思想意识指挥行动，没有谁的行为能超脱自己的所思所想。诸葛亮未出茅庐，"苟全性命于乱世，不求闻达于诸侯"时，就在隆中三分天下。即使在陆逊火烧连营七百里，刘备白帝城托孤之后，还是坚定地坚持自己的战略思想。"东联孙权，北拒曹操"，形成三国鼎立之势。待局势有利于蜀国时，"今南方已定，兵甲已足，当奖率三军，北定中原……兴复汉室，还于旧都"。然后六出祁山，"出师未捷师先死，长使英雄泪满襟"，鞠躬尽瘁，死而后已。

兵马未动，粮草先行。诸葛亮数次北伐却未能成功的一大原因就是蜀道艰难，路途遥远，粮草接济不上。一支军队，没有强大的后勤保障能力，寸步难行。一个人，没有良好的内心修养，很难有所作为。

子谓颜渊曰："用之则行，舍之则藏，惟我与尔有是夫！"子路曰："子行三军，则谁与？"子曰："暴虎冯河，死而无悔者，吾不与也。必也临事而惧，好谋而成者也！"

孔子对颜渊说："用时拿出来，不用就藏起来，只有我和你可以这样吧！"子路说："如果您统领三军，谁跟您呢？"孔子说："徒手斗老虎，徒步过大河，死了也不后悔的人，我是不会和他一起的。我需要的一定是谨慎小心、善谋而能成事之人。"

进退有度，有勇有谋，是多少人日思夜想的境界。可是太难了，孔明都有痛失街亭、挥泪斩马谡的时候，何况普通人。儒家讲究出世，讲究社会担当，有中流砥柱的英雄之气，这是"用之"；也有遁世的修养，这就是"藏"，典型的是耕读传家，诗书传家。孔子说"天下有道则见，无道则隐"，天下政治清明就出来做事，尽职尽责，世道污浊就隐居，韬光养晦。正如李白的"人生在世不称意，明朝散发弄扁舟"。古人有"学成文武艺，货与帝王家"的说法。自己的文武艺找到了帝王这个买家，当然就实现了古人心目中"用之"的理想。虽然帝王家也是一个家，但总归是代表国家。若是不为所用，退而"藏"，过平民生活，安安静静地在田园里日出而作，日落而息，虽落寞，但还是有值得欣赏的人生风景。

颜回在后世被称为"复圣",他的心中装得大海,容得高山。孔子深有同感,赞赏这位天资聪慧的学生。虽然不多言,甚至有些木讷,但和老师的心灵是相通的。用我之时,我能用时,则行而为之;世不容我,我不能为,则藏而舍之。穷则独善其身,达则兼济天下。问世间天地为何物?胸中方寸之间也。孔子认为,弟子中只有颜回达到了和自己一样的境界:"用之则行,舍之则藏。"收放自如,马上马下有乾坤。看世间风起云涌、日升月明,春风秋雨皆是心中一片云天。也许冬日漫天的雪花,正是春姑娘巧手编织的万千白蝴蝶翩翩起舞,它们在告诉人们,我们是春的使者,冬天来了,春天的鼓点已经敲响……

子路追求做一个勇敢、讲义气的人。孔子表扬颜回后,子路有意向孔子夸耀。"子行三军,则谁与?"确实,子路是弟子中有军事才能的人,对孔子非常忠诚。孔子几次遇险时,子路用他的勇猛保护了孔子。子路率真、义气,但性格急躁,按照孔子的教育方法,这样的人必须经常磨磨棱角,让他的头脑清醒一些。莽夫之勇不可取,有"智"和"仁"的勇才是真正的勇。凡事鲁莽,难以取胜;学会智勇,才会谋敌制胜,成为一个真正的勇者。

谁都知道老虎吃人,凭一时之勇赤手打老虎,是自寻死路。武松的故事脍炙人口,就是因为打虎的人太少了。武松是主动去打老虎的吗?不是,是吃了十八碗酒过山岗,路遇老虎,不得已而为之。狭路相逢勇者胜,武功高强的武二郎在酒精的支持下,打死了大虫,留下了打虎英雄的美名。但一般人遇到老虎,大多会成为老虎的美食。那么"冯河"呢?湍急的大河,没有桥也没有船,风高浪急,只身入水,何其危险!一个浪头打来,也许就成为鱼虾的美味佳肴了。对这样的人,孔子说:"吾不与也。"逞一时之能的人岂是成事之人。

孔子告诉子路,明知打不过老虎,仍要赤手上阵;明知水流湍急,却要赤身涉水过河,这是鲁莽,自取灭亡。虽然有勇,但无谋,不值得提倡。这也是孔子对子路刚勇性格的劝诫。孔子并不是不欣赏子路,而是利用每一个机会对子路进行教育和规劝,让他看问题全面一些。

可子路仍然保持着刚勇之性。公元前480年,卫国发生政变,子路被人攻击,帽子被打落,但他仍坚持"君子死,而冠不免",结果在系帽缨时被杀。子路的死,是一位儒者之死,是担当责任的大义之死。

临事而惧,好谋而成,是做人做事的态度。首先要有敬畏之心,没有敬畏之心,不尊重规律,不敬贤明通达之士,没有规矩方圆,就不是健全的人格。孔子说,三人行,必有我师焉。每个人都有值得别人学习的地方,每件事都有其自身的运行规律。世间万事万物各有千秋,世事洞明皆学问,人情练达即文章啊!前进了,成功了,是非常好的结果,但失败了怎么办?所以在事情开始时,就应该根据自身的承受能力,想到失败的结果,想到自己在哪个范围内可以承受。未料胜,先料败。也就是说,一定要留后路,不能让自己处于山穷水尽之地。

审时度势,决定进退,这是做事的基本考量。才华再好,环境不适,也成功无望。此时清静无为是明智的选择。有勇无谋是莽夫,无勇之人是懦夫。"必也临事而惧,好谋而成者也"才是智勇之士,大造之才。

2020年12月10日　庚子年十月廿六

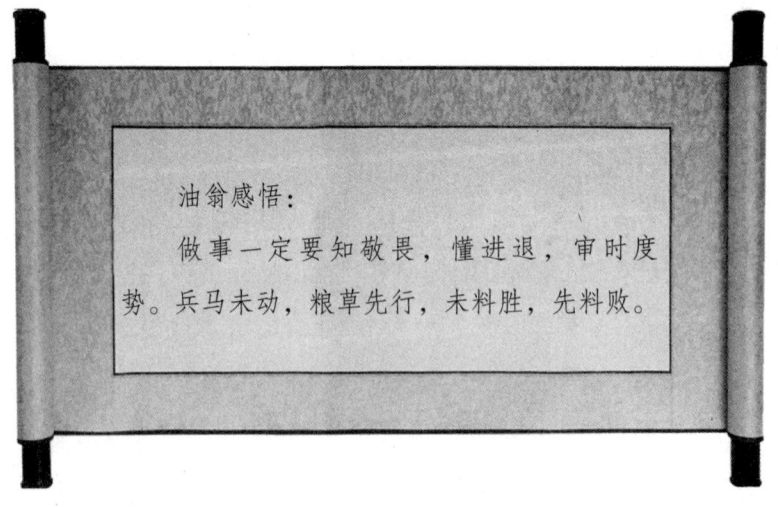

油翁感悟:

做事一定要知敬畏,懂进退,审时度势。兵马未动,粮草先行,未料胜,先料败。

心心相印

《先进篇第十一》杂谈

◎卖油翁

每个人的一生都是风雨彩虹的四季街景。抬头看到的也许是蓝蓝的天空，也许是黑黑的乌云，也许是阳光灿烂的早晨，也可能一夜北风紧，雪花满天飞。

> 子畏于匡，颜渊后。子曰："吾以女为死矣！"曰："子在，回何敢死？"

这句话很普通，没有惊艳的光彩，只有真切的关心，师徒的患难之情溢于言表。故事是这样的：孔子在一个叫作"匡"的地方，因被人误认成"阳虎"而被包围。后来归队的时候，颜回最后回来，孔子心急如焚。等颜回一回来，孔子急切地说："我还以为你死了呢！"颜回却平静地对老师说："你还在，我怎么敢先死呢？"这是自然之情的流露，是弟子颜回对老师的尊重。

孔子与颜回既是师徒，也是真正的朋友，心心相印的知己。情莫过于此，义莫过于此。没有利益羁绊，只有心灵的相通、理解、关心和认同。危难的时候，在对方的心目中，都留着一份真诚的思念。劫后余生，更显真情。这样一对师徒，一对继往开来的圣人，却也抵不过天命，最后颜回还是先老师而去，留下无尽的遗憾。孔子的思念和悲痛与日俱增。

颜渊死，子哭之恸，从者曰："子恸矣。"曰："有恸乎？非夫人之为恸而谁为？"

颜回走了，孔子痛哭失声，悲苦万分。孔子本来把满腔的希望都寄托在颜回身上，指望他继往开来，开圣学，但一切都随着颜回的离去而失去了。儒学传世的希望变得渺茫起来，孔子的内心悲痛难忍，只能发出"噫，天丧予！天丧予！"的痛彻肺腑的声音。

颜回为人和善，学业超群，品德高尚，深受同学们的喜欢。他死后，他的父亲颜路请求孔子卖掉自己的车子，给颜回制一个"椁"，以托哀思。但孔子是这样回答颜路的："才不才，亦各言其子也。鲤也死，有棺而无椁，吾不徒行以为之椁。以吾从大夫之后，不可徒行也。"（《论语·先进篇第十一》）

孔子对颜路的回答表明了一个问题，即情也要在礼的范围之内。颜回是你颜路的儿子，我也把他当作自己的儿子看待。孔鲤是我的儿子，死后有棺无椁，我也没有卖掉车子给他买椁，我对待他们两个人是一样的。况且，我是大夫之身，在大夫的行列里不能没有车子。孔子的说法合情合理，任何事情都有一个度，有承载的能力和范围。颜回家贫，负担不起厚葬的费用，按照实际条件，以礼而葬即可，不必大操大办。这也是儒家一直遵循的理念。正如《中庸》里说的那样：素富贵，行乎富贵；素贫贱，行乎贫贱。家里没有钱，死要面子活受罪，借债给活人看风光，没有意义。所以按孔子的意思，有椁无椁没关系，尽心就好，能够寄托哀思就可以了。

但弟子们这次却违背了老师的意愿，集资厚葬了颜回。

> 颜渊死，门人欲厚葬之，子曰："不可。"门人厚葬之。子曰："回也视予犹父也，予不得视犹子也。非我也，夫二三子也。"

看来颜回在同学们心中的形象太好了，大家实在不忍心简单操办，于是凑钱风风光光地厚葬了颜回。孔子扪心自问，感慨道：颜回把我当父亲看，我却没有把他当作儿子。这不是我要这样，是那些学生想这样做呀！孔子为什么这样说呢？因为在孔子看来，颜回的学问道德炉火纯青，已经到达承载衣钵、继承儒学的地步了。师徒心心相印，孔子认为颜回是不同意同学们这样操办的，以礼合情而办一定也是颜回的心愿。

颜回怀着儒家达则兼济天下的理想慨然前行。在颜回的心里，装着一个宏大的愿望，那就是"为邦"，也就是治国，把自己的学问才识奉献于世，济世为民。

> 颜渊问为邦。子曰："行夏之时，乘殷之辂，服周之冕，乐则《韶》《舞》。放郑声，远佞人。郑声淫，佞人殆。"（《论语·卫灵公篇第十五》）

孔子告诉颜回，要用夏朝的历法，乘坐殷朝的车子，戴周朝的帽子，音乐要学《韶》《舞》。要遏止像郑声那样的靡靡之音，远离小人和用计谋、耍手段的人，和他们接触是危险的。

夏朝的历法是中国文化史上了不起的地方，根据月亮的升落圆亏制定。每月的十五日，以月亮从东方出来时圆的那一天为标准，月亮为太阴，所以又叫阴历。那么我们的历法是否参照太阳运行的规律呢？事实上我们也一样，五天为一候，三候为一气，六候为一节。一年十二个月，七十二个候，二十四个节气。每个节气该种什么农作物，基本是一致的。二十四节气歌："春雨惊春清谷天，夏满芒夏暑相连。秋处露秋寒霜降，冬雪雪冬小大寒。每月两节不变更，最多相差一两天。上半年来六廿一，下半年是八廿三。"就是最好的说明。

这是我们的传统文化，许多节日如春节、中秋都依此而来。

为什么要"乘殷之辂"呢？商朝的车子好，比起先代有了很大的进步，也就是交通比较发达了。交通发达，运输条件好，商业就发展了。孔子虽然是学儒,但经世济国的独到观察非常人可比拟,对颜回的谆谆之语也是对历史沧桑的深切感悟。

"服周之冕",周文王和周武王时期的政治经济文化是孔子所遵从的,恢复周礼更是孔子一生的梦想。所以孔子告诉颜回,要遵从周礼,其实就是要建立一个井然有序的国家,让百姓过上国泰民安、风调雨顺的生活。在实现这一切的过程中,要用《韶》《舞》那样的音乐陶冶民风,不要让郑声那样的靡靡之音污染人们的心灵,更要远离小人、佞人,这些人太危险了。

从孔子对颜回的悉心教导可见孔子对颜回的希望之大。孔子所从根本上向颜回传授了自己的治国之学,历法、礼法、民风及人事之道,指望他继承家学,延续广大。可惜,天不遂人愿,一代"复圣"中途离去,一颗耀眼的儒学之星在将要光芒四射时陨落在历史的时空之中。

颜回的离去给孔门造成了非常大的损失,但毕竟孔子门徒三千,贤者七十二,优秀者不乏其人,在众多弟子的努力下,孔门学说得以延续。在几千年的传承里,许多"可以托六尺之孤,可以寄百里之命,临大节而不可夺也"的儒家君子彪炳史册。他们是中国人的脊梁,是中华儿女的榜样。

2020年11月21日　庚子年十月初七

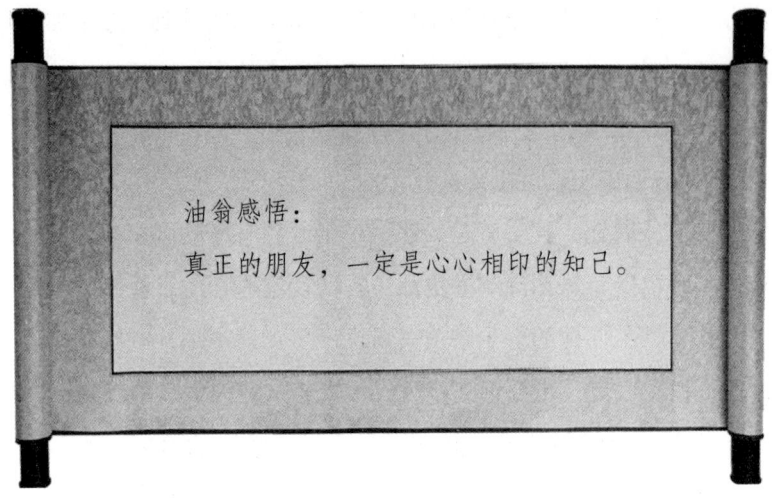

油翁感悟：
真正的朋友，一定是心心相印的知己。

春日的温馨

《颜渊篇第十二》杂谈

◎卖油翁

今天立春。

万物复苏、春暖花开的日子就要来了。虽然北方依然寒风刺骨，春寒料峭，但已经感受到春日的温馨。春是生长，耕耘播种；春是温暖，鸟语花香。

"仁"就是春天里的暖阳。

> 颜渊问仁。子曰："克己复礼为仁。一日克己复礼，天下归仁焉。为仁由己，而由人乎哉？"颜渊曰："请问其目。"子曰："非礼勿视，非礼勿听，非礼勿言，非礼勿动。"颜渊曰："回虽不敏，请事斯语矣。"

孔子思想的中心就是"仁"。颜渊是孔子的得意弟子，也是孔子心目中的衣钵传人，所以对于颜渊的提问，孔子给出了经典而深刻的回答。

"仁"是什么？"仁"字这样写：人两足走路旁加个二，为什么不是加个"一"？"二人"是两个人，就是人与人之间，有我就有你，有你就有我，有你、我、他就有社会。一个人没有问题，两个人就会有怎样相处、怎样相爱、怎样互助的问题，这就是"仁"。仁是人与人之间的事，这是文字上解释。

颜渊问怎样才是仁，孔子说："克己复礼就是仁。能坚持做到克己复礼，天下的一切就归于仁了。仁不仁是由自己决定的，难道是由别人完成的吗？"颜渊又问："具体该怎么做呢？"孔子说："不合乎礼的不要看，不合乎礼的不要听，不合乎礼的不要说，不合乎礼的不要做。"颜渊说："我虽然愚笨，也要按照这些话规范自己的言行。"

克己复礼就是"仁"。

"克己"是一种心理斗争，是心灵的净化，也就是剖析自己，自我批评，从而修养品德，提高学识和能力。"复礼"是践行礼法，和谐生存，尊重自己和别人。这里的"礼"不是指礼貌，不等同于礼仪形式，而是内心的尊敬、慎重状态在人与事物面前的表现。

每个人的思想就像源源不断的流水一样，没有静止的时候。如何让这股流水清澈明亮，满载智慧和善良，满载勤奋和热情，是我们"克己"的重要内容。"复礼"就是这股流水在流动的过程中,要有规则和底线,要尊重自然,尊重自己和别人。要遵循"利人"的原则,在自己得到收获的时候,不去影响别人。

克己复礼就是学习和自我剖析,提高品德修养,摒弃邪欲杂念,用诚敬和慎重的态度践行儒家提倡的,在孝悌的基础上发展而来的,对父母和兄弟姐妹的孝心和爱心,和由此产生的对社会大众的和谐的生活态度,以及发自内心的礼法教养和思想行为准则。

一个人的思想和行为就是自己的一片大海。当这片大海风平浪静、风光宜人时,那么整个人都是平和的,快乐的;如果浪涛滚滚,那么生活一定是不平静的。"克己复礼"就是让生活阳光明媚,充满美好气息,能够享受壮丽的碧海云天。

"仁"是修养,是生活态度,不可以量化,也没有具体的标准。"仁"在自己的心里,身外之人是不能决定你仁不仁的。"仁"是长时间的生活磨炼、学习、修身养性在自己的内心成长起来的。"仁"不是上天赐予的,也不是别人给你的。

"仁"是一种善良、包容的思维方式,以及由此而来的思想和行为。在这种思维方式下,人们彬彬有礼,心地纯洁,相互帮助和爱戴;积极向上,向往美好,追求符合人性和自然之美的理想生活。它是人与人之间维系感情的纽带,用伟大的善和爱的力量,团结着世人,奔向更美好的生活。推而广之,仁的思想体现在自然界中,就是万物和谐共存,共享美好。

"大学之道,在明明德,在亲民,在止于至善。"这是克己复礼的具体步骤。"知止而后有定,定而后能静,静而后能安,安而后能虑,虑而后能得",就是得到了"明德",止于至善,就步入"仁"的境界了。

该怎样做才能做到"克己复礼"呢?孔子给出了具体的指导,那就是:"非礼勿视,非礼勿听,非礼勿言,非礼勿动。"

曾经看过一个电视剧,里面有这样一个镜头:一位秀才走过一户人家门前,门开着,正好那家的女主人走出来,秀才赶忙用手捂住双眼,嘴里慌忙说道:"非礼勿视,非礼勿视……"看到这里不禁苦笑,只能理解编剧和导演认识的偏狭。即使知道一点,也是对传统文化的不尊重。这是后世有些人对孔子原话的曲解,这种解释是形式主义,是望文生义。

这个"礼",不是礼仪形式,而是发自内心遵从的规则和范围。这包括两个方面:一是社会的,二是个人的。实际上是自己和社会两个方面的协力所形成的合适的理念、规则、习惯,而不是机械的、死板的教条。如果看到美丽的女人就闭上双眼,那就真让人无语了。

兼听则明,偏听则暗;要谨言慎行,敏而好学。一句话,言行要"合适",说该说的话,做该做的事。在这个过程中,有"止"有"度",滋养明德,止于至善。

孔子的另一位弟子也向孔子问"仁"。孔子也给出了解答,只不过不同的学生,答案是不一样的。

仲弓问仁。子曰:"出门如见大宾,使民如承大祭;己所不欲,勿施于人;在邦无怨,在家无怨。"

仲弓曰:"雍虽不敏,请事斯语矣。"

仲弓问什么是仁。孔子说:"出门办事好像去见贵宾,使唤民众如同去承担重大祭典;自己不想要的,不要强加给别人;在邦国做事没有抱怨,在卿大夫的封地做事也不抱怨。"仲弓说:"我虽然不聪敏,也要照这些话去做。"

孔子告诉仲弓的"仁"和告诉颜渊的"仁"不一样。给颜渊的回答是本体的,是仁的根本;给仲弓讲的是仁的作用,是在坚持"仁"的原则下,自己该怎么做,对待别人应该怎么做。

尊重他人是做人的起码修养,得到起码的尊重是他人的基本权利。要想获得幸福,事业取得成功,就得学会尊重,尊重自己,尊重他人。只有尊重别人,才能获得别人的敬重。

责任感是事业成功的阶梯,更是信任和被信任的基石。

兢兢业业、勤勤恳恳是良好的工作态度。富有责任心是基本的职业素养,敬业是工作有所成就的基本条件。有强烈的责任感才能聚集起磅礴的力量,做成更大的事业。

怨自己,怨别人,终究解决不了问题。抱怨没意义,怨天尤人也没有用,只会使事情变得更加糟糕。与其抱怨,不如想办法解决。

将心比心,不强求于人。换位思考是理解的前提,更是人与人之间感情的融化剂。"己所不欲,勿施于人",反过来,己所欲,也不能强加于人,也许别人还不欲呢。欲和施要看清对象,时位进退,欲和施也会发生变化。

这些话实践起来很难，正因为难，才更有价值。

孔子为什么把不同的答案给予两个不同的人呢？

颜渊是孔子认定的继承学问大统的弟子，孔子一心想让他发扬光大自己的学说，而且颜渊的修为已经达到非常高的程度，所以孔子把自己学说的根本所在传授给颜渊。仲弓就不同了，相比颜渊就差一点，所以只能传给他"仁"之所用。这也是孔子一贯的教育态度——因材施教。

"仁"的无限美好照亮了人们前行的道路，让我们去追寻这伟大的光辉吧！

子曰："里仁为美，择不处仁，焉得知？"
（《论语·里仁篇第四》）

要住在以"仁"为生活准则的乡邻里，选择住所的时候，不去寻找"仁"的地方，怎么能说是明智呢？这是通常的理解，教科书上也是这样解释的。择善而居，择善而处，接近具有仁的品德的人，这是明智的选择。

这种解释有一定的道理，如果四邻八舍德风醇厚，住在这样的环境里，一定会如沐春风，而且对青少年的成长有良好影响，会成为他们一生取之不尽的财富。典型的例子是孟母三迁，这是家喻户晓的故事。孟子小时候，母亲为了给孟子提供更好的生活和学习环境，三次搬家，最后一次搬到了一所学堂附近，终于安顿下来。孟子在学堂的琅琅书声中，养成了读书和好学的精神,终成"亚圣",成为继孔子之后儒学的集大成者。环境对人的影响显而易见,古话说:"近朱者赤,近墨者黑。"确实如此。

可是,不管是古代还是现代,"居者有其屋"都是美好的理想。人们对居住地的选择权少之又少,即使选择了好的居住地,也无法选择邻居。特别是现在,"对门楼里不相识"已成常态,如何"里仁"?如何"处仁"?

所以,当下对这句话的理解更应该偏向于精神寄托。把我们的思想、精神放置在"仁"风吹拂的地方,促使自己提高修养,做好自己,利好他人,忠恕为本,推己及人,既能安贫乐道,又能富贵不淫,得意而不忘形,失意时常思一二,乐天知命。

读好书,有高邻,本身就是人生的两大幸事。

子曰:"志于道,据于德,依于仁,游于艺。"
(《论语·述而篇第七》)

这是孔子一以贯之的学问中心。"仁"的行为和思想境界,是历经千年照耀在中华大地上的爱的暖阳,愿它在中华大地的天空永远熠熠生辉吧!

2022年2月4日　壬寅年正月初四

油翁感悟：

一个人的思想和行为就是自己的一片大海。当这片大海风平浪静、风光宜人时，那么整个人都是平和的，快乐的；如果浪涛滚滚，那么生活一定是不平静的。"克己复礼"就是让生活阳光明媚，充满美好气息，能够享受壮丽的碧海云天。

多嘴的乌龟

《宪问篇第十四》杂谈（一）

◎卖油翁

有这样一个故事：从前有一只乌龟，生活在一片湖泊中。有一年干旱，湖水干涸，乌龟靠自己的力量爬不到有水的地方，于是央求湖边的大雁，带它迁往他乡，大雁答应了。

大雁用嘴叼着乌龟在天空飞翔，过高山，越荒漠，历尽艰辛。大雁飞啊飞，一心想找到水草丰美之地休息一下。在经过一处有人烟的地方时，乌龟忍不住了，生气地问："这样一直飞，要飞到哪里？"大雁只好回答，结果一张嘴，乌龟就从高空摔了下去，落在地上，成了过路人的美味。乌龟忍不住怀疑之心，管不住嘴，落了个坠地而亡的结局。这也说明一个道理：不该说话时切莫多言，否则有可能出现不愿意看到的后果。

子问公叔文子于公明贾曰："信乎，夫子不言，不笑,不取乎?"公明贾对曰:"以告者过也。夫子时然后言,人不厌其言;乐然后笑,人不厌其笑;义然后取,人不厌其取?"子曰:"其然?岂其然乎?"

公叔文子不轻易说,不轻易笑,也不随便接受和获得财物的事迹传得很广,孔子有了疑问。公明贾说:"和您谈论这个话题的人没有搞清楚。公叔文子善于把握时机,该说时说,该笑时笑,所以人们不讨厌他说笑。在道义的范围内获取,所以人们不讨厌他应该享受的收获。"孔子感慨地说:"是这么回事?难道不应该是这样的吗?"

这段话指出了说话做事的基本原则,就是合适有度。恰到好处的说笑受人欢迎,符合君子之道的获取,人们乐见其成。公叔文子能做到"时然后言""乐然后笑""义然后取",是非常难得的。合适的时间说话,谨慎勤勉地做事,合乎道义地获取,这样才能与人们和谐相处,受到欢迎,不仅名声好、人缘好,而且会有实际的收获。也许是精神的,也许是物质的,但心安理得,怡然自得。良好的说话方式能带来快乐和友谊,并且能为成长和成功插上飞翔的翅膀。相反,花言巧语、狂言妄语就会失去信用,一无是处。

子曰:"其言之不怍,则为之也难。"

"怍"是惭愧的意思。有的人在说的时候就没想到做,只想到说大话,哗众取宠,一旦要他去做就很难做到。言过其实,还不感到惭愧,这样的言行和君子的言行格格不入。"君子耻其言而过其行",君子以言过其行为耻,以诚信为人、言行一致为荣。随便议论人、评析人更不是好习惯,但是很多人乐此不疲,难以改变。这方面,子贡作为七十二贤者之一,也无法避免。

子贡方人。子曰:"赐也贤乎哉?夫我则不暇。"

一个物体,方则容易给人造成伤害,也许有意,也许无意,但棱角已经在那里。做到方而不割,非圣人不可,子贡还没有达到那个地步。圆则不然,圆则润,即使碰上去也能让人一笑了之。子贡方人,作为孔子的高足,确实是一个坏毛病。子贡对别人评头论足,子张长,子夏短,言人过,论人失,孔子对他委婉地提出了批评。孔子说子贡有才有德,却喜好议论别人,如果是他就没有这种闲工夫。孔子既提醒了子贡,又拿自己给子贡树立了榜样,指明了方向。他告诉子贡,与其议论别人,不如多些时间学习,提高自己,充实自己。孔子没有严厉地批评子贡,而是善意提醒,既温和又严厉,值得我们学习。这是一种教育方法,也是一种高明的说话方式。

管不住自己,胡乱说话,或者不分时机地说话,都可能带来糟糕的心情,甚至带来不可原谅的后果。

三国时,杨修之死就是恃才傲物、多嘴多言,不合时机说话的结果。他对鸡肋"食之无味,弃之可惜"的分析,引起曹操的杀心，导致丢掉性命，教训不可谓不深。

言多必失。一个人总是不断地讲话，生怕没有人注意到自己；或者在不该说话的时候滔滔不绝，不免惹人生厌，也使自己在别人眼里一览无余。金无足赤，人无完人，谁能每次说话都逻辑严密，出口成章，话里话外没有一点儿破绽？但多言多语会引起许多问题，如果对朋友喋喋不休，朋友会认为你是一个絮絮叨叨的人；如果是生意对手，还可能招致无谓的损失。

《易》曰："括囊，无咎无誉。"盖言谨也，即管好嘴巴，扎紧口袋，不要乱说；保持定力，不听邪说和歪说，就会没有过错、毁誉这些烦心事。

生活离不了说话，离不开表达和沟通。有的人话多，有的人话少，言为心声，不说话总归不行。虽然不可能每个人都是语言学家，但谨言慎行一定要记在心里。

2020年6月11日　庚子年闰四月二十

油翁感悟：
言为心声，切记谨言慎行。

让生命的馨香化为和煦的春风
《宪问篇第十四》杂谈（二）

◎卖油翁

欣赏别人，承认别人优秀，是美好的品德。

惠人就是成就他人，给他人以帮助。特别是做公众事务的人，如果能够惠而不费，以德服人，一定会获得称颂和赞美。

或问子产。子曰："惠人也。"问子西。曰："彼哉！彼哉！"问管仲。曰："人也。夺伯氏骈邑三百，饭疏食，没齿无怨言。"

有人问子产是怎样的人。孔子说："是能给人帮助和把好处给予别人的人。"又问子西。孔子说："他呀！他呀！"又问管仲。孔子说："人才啊！他把伯氏骈邑的三百家夺走，使伯氏只能吃粗粮，直到死也没有怨言。"

子产是优秀的,这里不讨论子产的生平事迹,但从孔子的评价中可以看出,能做到惠人的人,一定是一个被人欣赏和喜爱的人。对于楚国令尹子西,孔子似乎有些不满。"他呀,他呀",言下之意是他做得不好,不说也罢。

管仲当政期间,没收了另一个大夫伯氏家的封户良田,导致伯氏一家穷困潦倒,但因为管仲说话做事都讲原则,所以伯氏一家一直到死对管仲都没有怨恨。一个人做事能做到这一步,的确有了不起的能力。

管仲是法家的先驱人物,做事公道,让人信服。

公子小白继位后,就是齐桓公。面对齐国的复杂局面,齐桓公在管仲的辅佐下,整顿齐国内政,厉行改革,分等征税,发展盐铁业,铸造货币,调剂物价,使齐国走向了富强。于是,齐桓公"九合诸侯,不以兵车",使齐国成为春秋五霸之首。

> 子路曰:"桓公杀公子纠,召忽死之,管仲不死。"曰:"未仁乎?"子曰:"桓公九合诸侯,不以兵车,管仲之力也。如其仁,如其仁。"

子路说:"齐桓公杀了公子纠,召忽自杀以殉,但管仲却没有死。"接着又说:"管仲是不仁吧?"孔子说:"桓公多次召集各诸侯国盟会,不用武力,都是管仲出的力。这就是他的仁德,这就是他的仁德。"

子路因为管仲没有自杀以殉公子纠而认为管仲没有仁德。

让生命的馨香化为和煦的春风

对此，孔子解释说，管仲帮助齐桓公召集诸侯会盟，息兵戈而解纷争，使天下安定，为维护和平做出了贡献，这就是他的仁德。

管仲归顺齐国是顺应历史潮流、心怀天下的结果，如果不归降，就没有九合诸侯之说。子路对管仲持怀疑态度，孔子没有从正面回答，而是赞颂了管仲的功绩，称赞其行为符合"仁"的标准。

在与子路的谈话中，孔子对召忽的死未加评论，而是从管仲跟随齐桓公后立下的盖世功绩上从侧面进行了说明。孔子的意思是要让生命的选择更有意义，更有价值。

像管仲这样的一代名相，已经是人臣之至了。他们会见到一般人一辈子都见不到的东西，也会享受到常人无法感受到的荣耀，但是也会有无限的风险伴随他们的一生。常言道，伴君如伴虎。老虎恼了，是要吃人的。世界上没有无可挑剔的人，如果有，那是圣人、神仙，最起码是不食人间烟火的。道德清白、精神高尚、行为坦荡是做人的基本立场，讲仁慈、讲友爱是做人的基本态度。只有做到这些，才会事顺、人顺、一顺百顺，自己的人生才会充实而有意义。如果基本的做人态度都没有，其他事情也就无从谈起了。管仲作为一国之宰，盯着他的眼睛何止千万。个人身上的每一个点都会被无限地放大，所以又有高处不胜寒之说。一山有四季，十里不同天。山下绿草如茵，山上白雪皑皑，并且紫外线也很强，时间长了，上面的人也会受到不同程度的伤害。

管仲没有像"召忽"那样自杀以殉"公子纠"，在某些人的眼里就成了不忠,即使如子路这样的儒家高徒也产生了疑惑,并向孔子表达了疑问。那么,我们该如何看待这件事呢?

"忠"这个字在先秦时期是"尽心尽力"的意思。在汉武帝时期,董仲舒提出"罢黜百家,独尊儒术",强化"忠君"的内容。在《论语》里,有关"忠"的论述占有相当大的篇幅:

子曰:"为人谋而不忠乎?"(《论语·学而篇第一》》

孔子对曰:"君使臣以礼,臣事君以忠。"(《论语·八佾篇第三》)

子张问政。子曰:"居之无倦,行之以忠"(《论语·颜渊篇第十二》)

子曰:"爱之,能勿劳乎?忠焉,能勿诲乎?"(《论语·宪问篇第十四》)
············

从以上论述可以看出,这个"忠"和汉武帝以后的"忠"有本质的区别。当时没有跟了某一位君主就要把生命献给他的思想,而是在和君主共事期间,尽心尽力为他做事,尽一切可能、一切力量来帮助他。当然,也许有志同道合的君臣,同生死,共患难，共荣辱，这也是人们赞颂的对象，也会给予非常好的评价。

值得与之同生，不惜与之同死，一定是最好的君臣关系，但是一定要值得，这是关键所在。

公子纠和公子小白争夺君位，互相残杀，各方臣子在对君主认可的情况下各为其主，帮助自己的君上袭击对方，在当时是无可厚非的。"春秋无义战"，在那样混乱的年代，能够遇上一位开明的、有仁心的明主，不是一件容易的事。但是，时代的局限性会体现在每一个历史时期。管仲在公子纠失败后归顺齐桓公，虽然是顺应历史潮流而为，但也遭到了不少人的诟病，然而"九合诸侯，不以兵车"之历史壮举，却对管仲的归顺做了最好的注解。避免生灵涂炭，社会安定平稳了一段时期。孔子这才发出"管仲之力也。如其仁，如其仁"的感叹。但是，在这样大的历史功绩面前，管仲还是遭到了怀疑，不然就没有子路的问题，也就没有"或问"了。

没有完美无缺的人，没有完美无缺的世界。尊重、理解是人际间和谐的基石。努力工作，燃烧自己，发挥最大的光和热，这是管仲；包容、信任创造出良好的工作环境，自己的部下肝脑涂地，成就相互的事业，这是齐桓公。让我们为这君臣二人点赞吧！

伟大的孔子深刻地洞察这一切，用无尽的思想和智慧指引着人们。"夫子之道，忠恕而已矣。"确实如曾子所言啊！

2021年10月28日　辛丑年九月廿三

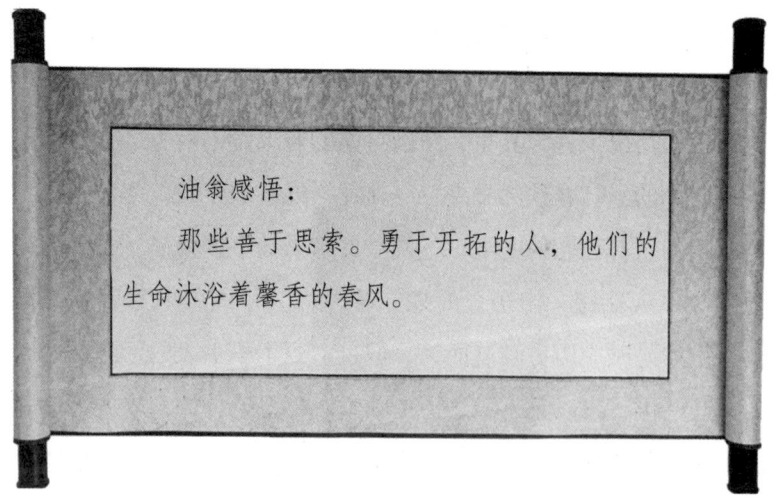

油翁感悟：

那些善于思索。勇于开拓的人，他们的生命沐浴着馨香的春风。

后　记

　　生的价值对于一般人而言，存在的意义就像一棵轮回了四季的植物，有人像一棵小草，默默无闻，随着时光的流逝在风雨之中化身于泥土；有的像大树一样让小草仰望，跌倒之后会有一些响动，但最终也会化为泥土，归为宇宙的尘埃。

　　人的出生环境不同，后天所处的成长环境更不一样，于是，本来来到这个世界时一样哇哇啼哭的人，长大后就变成了独有的自己，更有不同的价值观和性格区别于他人。

　　留不住的是时光，带走的只能是思念和回忆。青春离去，时光如梭，人总归有老去的一天。一辈子岁月沧桑，风雨徘徊，过去的终究要过去，能在生命的光阴里，品味春日的蓬勃，夏日的柔情，秋日的阳光，冬日的凛寒，一定是悠然惬意的事情。

　　在此，特别感谢年逾九旬德高望重的学界泰斗李淑章教授为本书作序；特别感谢人类非物质文化遗产代表作名录中国剪纸(和林格尔剪纸)国家级代表性传承人、剪纸文化学者、剪纸艺术大师段建珺先生及其弟子包志明为本书设计封面；感谢编辑老师奥丽雅的辛苦斟酌和付出，并衷心感谢在本书出版过程中给予帮助和指导的朋友们。谢谢大家！

杨俊才

2024 年 12 月 1 日